ネンレイ・カクニンが必要です

真岡　文

東京図書出版

ネンレイ・カクニンが必要です◇目次

㈠　異変

最初に異変に気付いたのは、ビューティーパーラー・ウエハラの上原さんだった。

いつもは一月《ひとつき》半に一度行く、と決めているのが、たまたま二月あまり間があいてしまった。

「だいぶ伸びましたねェ。いつも通りでいいですか？」と言いながらカットし始めた上原さんが、急に手を止めて「アラッ」と声を上げた。

「武内さん、ご自分でお染めになりました？」

「いいえェ」

だいぶ以前、自分で染めてみようとして、四苦八苦のあげくあきらめた苦い経験がある。それ以来、一月半に一度ビューティーパーラー・ウエハラに通うのがささやかな贅沢となって今に至っている。自分で染めたなんて、そんなことはあるはずがない。

「でも、ほら」と上原さんは、私のこめかみの毛をさらさらっとかき上げてみせる。いつもまっさきに白髪の目立つところである。

「あら、やだ……」

いつもならくっきりと根元が白くなっているはずなのが、たしかに黒々としている。

いよいよ来たか、とまず思った。何かをうっかりし忘れるのは、加齢による正常なもの忘れ。何かをしたこと自体を完全に忘れてしまうのは認知症のサインです――このあいだテレビの番組でお医者さんがそんなことを言っていた。

もしかすると、私はほんとに白髪染めを買って、自分で染めて、それを全部丸々忘れてしまったのかもしれない。これは大変なことになった。

いつもはカットやヘアマニキュアをしてもらいながら、上原さんとなんでもないお喋りをするのが、一人暮らしの人間の、一月半に一度の楽しみなのだけれど、今日はそれどころではない。頭の中はフル回転である。K中央病院には脳ドックなるものがあると聞いたけど、そこに予約を入れてみようか？　それとも、近所のかかりつけの医院に行って、そこから紹介してもらう方が早いか？　いや待てよ、自分できちんと白髪染めができたということは……。ひょっとして認知症にかかると、以前四苦八苦してどうしても上手くできなかったことが、なんの苦もなくできるようになるのか？　いやァ、そんな話は聞いたこともない……。

なんて思いをめぐらしている内に、もうすっかり髪は仕上がっていた。

(一)　異変

「今日はヘアマニキュアは全然必要ありませんでしたから、カット、ブローだけですみましたよ。髪のコンディションも上々ですね」

上原さんに笑顔でそう言われると、心中を渦まいていた不安がすうっと消えてゆく。そうだ、ベテランの上原さんだもの、もしボケかけの私が自分で白髪染めなんかしていたら、すぐ気がついて、染めムラを見つけてくれたはずである。自分で染めて、それをケロリと忘れてしまうなんてことは、あるはずがない。つまらない心配は止めよう。

しかし、家に帰って一息つくと、また新たな不安がわいてきた。私が染めたのでもない、誰が染めたのでもないとしたら、いったいどうしていきなり髪の毛が黒くなったのか？　髪の毛って勝手に黒くなるものなのか？　ひょっとして、なにかすごく怖い病気の前ぶれだったりしたらどうしよう！

以前、こういう時は『家庭の医学』の出番であった。心配性の母は、家族の誰かが熱を出したり、どこか痛がったりするたびに、この部厚い本をテーブルの上にひっぱり出してきて、あれでもない、いや、これでもない、と頁を繰っていたものだった。

今も、改訂版の『家庭の医学』が、居間の同じところに鎮座しているのだけれども、あいにく今回のような症状については役に立たない。早速、パソコンの電源を入れて、「髪が黒くなった」と打ち込んでみる。すると、まあ、出るわ、出るわ、沢山の記事が出てきた。

一番多いのは広告である。髪を傷めない白髪染め、簡単にできる白髪染めシャンプー、失敗しないヘアカラー、といった類《たぐい》――三十年前にこれがあったら、私も四苦八苦せずにすんだかもしれない。あと、「飲むだけ簡単白髪ケア」などというサプリメントの広告もある。要するに、病気やストレスによって血行が悪くなると、髪の根元の色素細胞の働きが低下して白髪になる。だからこのサプリを飲んで血行をよくして、健康と黒髪をとりもどしましょう、というわけである。

なかには、あるおばあさんが黒ゴマペーストがお気に入りになって毎朝食べつづけていたら、白髪の根元がすっかり黒くなった、なんていう「実話」もあった。

なんにしても、髪が黒くなったら危険信号、こんな怖い病気がひそんでいるかもしれません、などという記事は一つも見つからない。ひとまず安心、一件落着である。

ほっとしてパソコンの電源を切りながら、それでも拭えない、なにか得体の知れない不安が心の底にこびりついているのに気がついた――だとしたら、いったい、これは何なのか？

そもそも、自慢ではないけれど、私の白髪は年季が入っている。ちょっとやそっとの病気やストレスであらわれたものとは訳が違う。

父も母も若白髪だったから、自分も他人《ひと》より早く白くなるだろうな、と覚悟はしていた。それでも、四十代なかばで早くも白いものが目立ちはじめたのには閉口した。見てくれがどうこうというより、ただ端的に「まだそういう年じゃないのに！」という不満と不愉快である。

そこで、こっそり白髪染めを使ってはみたけれどもうまくゆかず、ばかねェ、ちゃんとプロにまかせるのが一番よ、と言って母がかかりつけの美容院を紹介してくれた。それがビューティーパーラー・ウエハラなのである。その頃はまだ先代の上原女史が健在で、母は先代、私は娘さんのお世話になって、よく二人そろって出かけたものであった。

そんな歴史を背負った白髪が、ちょっとやそっとのことで治るはずはない。しかも私は、黒ゴマペーストにはまって毎朝食べていたわけでもないのである。

大袈裟に言えば、なにか医学の常識をこえた異変が自分の体のうちに起きている——そんな不安が、かすかに、しかし確実に、居座りはじめたのであった。

案の定、異変はこれだけにとどまらなかった。次に起こったのが、シミ、シワの消滅である。

中高年女性の美容にとって、シミ、シワは、白髪とはくらべものにならない大敵である。

白髪は、かんたんに染められる。しかも、本当に自信のある女性は、敢えて染めずに真っ白な髪をいつも綺麗に手入れして、かえってそれが素敵だなどということもある。だいたい、西洋人の珍重するプラチナ・ブロンドなんて、ほとんどただの白髪ではないか。

それと較べると、シミ、シワは、逃げもかくれもできない、「老醜」そのものである。年輪を重ねたシワは美しい、なんて、言ってる方も言われた方も、どちらも信じていないオタメゴカシにすぎない。

だから、本来なら、シミ、シワが消えたら大喜びしてよいところである。しかし、もともとシミやシワの無い頃から、だからどうという容貌でもなかった上に、人前に出るような仕事をしているわけでもない自分にとって、喜ぶべきことは何もない。まして今、ただでさえ白髪が黒くなって心細い思いをしているところに、追いうちをかけるようなシミ、シワの消滅——これはただもう、不安がいや増すばかりの事態である。

異変はそれだけにとどまらない。ほとんど同時にあらわれたのが手の変化である。

実は一番、老いをかくせないのが手だという。いくら髪を染めてお化粧でシミ、シワをごまかしても、静脈がうき出してシワシワになった手をごまかすのは至難の業だと聞いたことがある。

ふだん、翻訳の仕事でパソコンにむかっているとき、キーボードはほとんど見ることがないから、それを操作する自分の手を見ることもめったにない。それでも、いつも目の前にあるわけだから、時々、いやでも目に入る。これまで別に、自分の手を眺めて、あー、バーサンの手になったのう、などと感慨にふけったりしたことはないのに、それが急に〈若い手〉になったら、本当にギョッとした。いったいこれが自分の手なのか！　変につやつや、つるんとして、まるで見覚えのない手がそこにある。

たしかに、自分が打とうとするキーを、何の苦もなく押しているのだから、自分の手であることに間違いはない。それでも、なんだかまるで、よくできた義手で仕事をしているような気分なのである。あたしの手は、いったいどこにいっちゃったのか？

手ばかりではない。体全体、どこもかしこもどんどん若返って、見なれない姿になってゆく。自分自身が、そのたびに消え失せてゆくようで、心細いといったらないのである。

そう言えば、私のひそかに尊敬する、中村うさぎさんという著述家が、「年齢同一性障害」という言葉を語っておられた。

すなわちこれは、自分の実際の年齢——身体の年齢——と自己認識が一致しない障害ということであって、一見つまらぬことのようでいて、深ーい含蓄のある言葉である。

誰でも、身体の老いるスピードに心がついてゆくことは難しい。ふん、このくらいの垣根、なんということはない、エイッ――と軽々飛びこえたつもりが、全然足が上がっていなくて見事にこけた、などということは誰しも日々、大なり小なり経験することである。そして、自分はもう若くはないのだということを、痛むヒザをさすりながら自覚するのである。

しかし、中村うさぎさんの凄いところは、万人が日々そのようにして体験しながらも、無意識のうちに微調整してのり越えてしまう「年齢同一性障害」を、言葉として取り出し、白日のもとにさらけ出したこと。さらには、そうした微調整を断固拒否し、身体の方を改造して、自己認識の方に従わせてしまった、ということである。一口に言えば、「年齢同一性障害」を、ふつうの人とは逆の方向にむけて克服してしまわれたのである。病に倒れる前の、整形して若く美しくなられた中村うさぎさんのお姿は、まさしく「雄姿」という言葉がふさわしいものであった。

ところが私の場合は、いかにも凡人らしく、ちびちびと時間をかけて、「七十歳を目前にした自分」と折り合いをつけて、それになじめるようになってきた矢先、いきなり不意討ちをくらって〈二十五歳の自分〉へと突きおとされてしまったのである。これこそまさに、本当の「年齢同一性障害」と言うべきものではあるまいか？

しかもこんな障害は、おそらく、世界でただ一人に相違ない。治療法もなく、障害者手帳も——たぶんもらえない。

自分以外の人間は、美人も不美人も、健康人も病人も、金持ちも貧乏人も、一人の例外もなく、ちゃんと定まった時間の流れを一歩一歩ふみしめて進んでいるのに、一人だけそこから放り出されて、わけのわからない時空を漂っている。本当に自分が自分なのかどうかも怪しくなっている。途方もない孤独感である。

ああ、こんな時にクロサンがいてくれたらなあ、とつくづく思うのである。

(二) クロサン

家のなかにはいつでも猫がいた。

いまと違って、キャットフードなんてものはなかったし、人間の方も、なんとか食べ物を切らさずにいるのが精一杯だから、たいしたものはやれない。人の食べるごはんをぽっちり取りのけて、それにみそ汁のだしを取るのに使った煮干しをほぐして混ぜてやる。それを大喜びで食べていたものである。この猫めしを作るのは私の役目で、その時こっそり、まだだしガラになっていない煮干しを一、二匹ほぐしてやると、なお喜ぶ。自分でも丸々一匹かじりながら、ナイショだよ、とタマにささやいて、一緒にちょっぴり悪いことをしている気分を楽しんだものだった。

なぜか、どの猫もみなタマだった。

それぞれの猫にそれぞれの名前がつくようになったのはいつ頃からだったろう？と言っても、こった名前をつけたわけではない。シマ模様だからシマ。三毛猫だからミケ、といった平凡さである。クロサンも、全身真っ黒だったのでクロサン。「サン」がついたのは、何となく落ちつきはらっていて、呼びすてはふさわしくないような感じだったからである。

クロサンの特技はネズミ捕りだった。時々、まだ生きている仔ネズミをつかまえてきて、しばらく台所の床を走り廻らせる。助かったかと思って走り出すネズミを、棚のすき間に逃げ込む寸前で、バッとおさえ込む。また放す。また逃げる。またつかまえる。その間中、目はランランと光っていて、かすかな「ハッハッ」という音が喉の奥でしている。まさに野生の猛獣そのものである。そして最後は、きれいにペロリと食べてしまうのである。

そうかと思うと、まるで人間のような、こまやかな気遣いをみせることもあった。母が亡くなったときのことである。

慢性心不全で入退院をくり返していた父のときと違って、母の最期は突然のことだった。夕食の片付けをすませて、いつものように（二人のための、ボケ防止と称して）二人でトランプの勝負をしていた。これまたいつものように母が勝ち「ほーら、また勝った。勝負にならんわね」と立ち上がろうとした瞬間、痛い！　と叫んでそのまま座り込んでしまった。あ、ギックリ腰だな。こじらせるとまずいな、と思いながらかけ寄ると、顔色がみるみる枯葉色になってゆく。荒い息の下で、「どうしちゃったんだろう、どうしちゃったんだろう」と呟いている。ただごとではない。すぐに救急車を呼んで、一番近い病院の救命センターに運び込んだときには、もう上の血圧が40を切っていた。

あとでお医者さんにうかがうと、大動脈解離が心臓のすぐ近くで起こったので、あっという間に血液の大部分が流れ出て、心臓の機能が失われてしまったとのことであった。

親が亡くなるとゆっくり悲しんでいる暇がない、とよく聞くけれど、本当にその通りだった。区役所への届け出、葬式（これは文字通りの家族葬で、いとこ数人と私だけのひっそりしたものだったけれど）、預金の名義変更、わが家の主な収入源だった賃貸住宅の相続とその一部売却、相続税の計算——ただひたすらかけ廻ってハンコを押す毎日がつづいた。

ようやく一段落ついた夜、床について闇を見上げていたら、うんと小さい頃母を呼んでいた「おかーちゃん」という言葉がうかんできた。声に出して「おかーちゃん、おかーちゃん」と言ってみたら、どっと涙がこみ上げてきて、ぽたぽた耳をつたって枕にこぼれ落ちた。

ふとんから手を出して涙をぬぐおうとすると、なにか温かいものが手のすぐそばにある。その温かいものが手の先をちょ、ちょとなでた。

「クロサン……」

いつもは自分の毛布の上でくつろいでいて、めったに人の寝床にやってこないクロサンが、すすり泣く気配を聞きつけて寄ってきたのである。その夜は、クロサンはそのままそこに丸くなって、時々私の手をなめたり、自分の毛皮をなめたりしていた。

「ありがとね、クロサン、ありがとね」

そう言って耳のうしろをかいてやると、グルグルグルグルという暖かい音がきこえてきた。

(二) クロサン

そのクロサンが、十八の誕生日をむかえた頃から、急に食が細くなって、動きが大儀そうになってきた。クロサンの母親の最後の二カ月もちょうど同じような具合で、その時はせっせと病院に連れていったのだけれど、結局かいがなかった。クロサンは母親にもまして病院が嫌いなので、とにかく好物を食べさせて栄養をつけるのに専念することにした。

その日の前日は、久しぶりに好物の豆アジを煮ほぐしたものをよく食べてくれて、おー、えらかったねェ、よかったねェ、と喜んだのだった。耳のうしろをかいてやると、長いこと聞かれなかったグルグルが聞こえる。もち直すかもしれないなァ、もち直すといいなァ、と思いながら床についたのだった。

朝目をさまして一番にクロサンの寝床にいってみると、クロサンは自分の毛布の上で丸くなったままじっと動かず、息がかすかになっていた。「クロサン、クロサンや」と呼んで懸命になでると、口が小さく「ニャ」という形にあいたけれど、声にならない。そのまま、潮が引くように息がすうっと、さらにかすかになって、次にはもう息をしていなかった。

「クロサン、クロサンや」

まだ温かいクロサンをいつまでもなでながら、ハナと涙がとまらなかった。

妙なことに、母が亡くなったときにもうかんでこなかった「天涯孤独」という言葉がうかんだ。ああ、これで自分はほんとうに天涯孤独の身になったんだ、としみじみ思ったのである。

いま、こんな風に、わけのわからない異変にみまわれて心細い思いをしているとき、クロサンが夜中にそっと近付いてきて、手の先をちょ、ちょ、となでてくれたら、どんなにかほっとすることだろう。でも、クロサンはもう居ないのである。

㈢　おてんと様の特別プレゼント

心細くて不安なだけではなかった。なんだか人の目をはばかるといった心持ちが、いつも覆いかぶさるようになってきた。

ずっと同じところに住んでいるから、つき合いがあるというほどではないけれども、買い物の往き帰りにすれ違えばあいさつをし、落ち葉はきをしながらちょっとおしゃべりをする、といった「ご近所さん」の知り合いが沢山いる。

これがもうちょっと目立たない変化なら、この頃お元気そうだわ。すっかり若返った感じでウラヤマシイ。なんか運動でもお始めになったの？　なんていう程度ですんでしまう。答える方も、いやぁ、特になんにもしてないのよ。黒ゴマせっせと食べてるくらい。といった返事でごまかせてしまう――と思う。

あるいは、たいてい誰でも相手の顔なんてよく見ているわけではないから、誰ひとり気にもとめないものを、ひとりで勝手に気にして、気おくれしているだけなのかもしれない、とも思う。

でも、やっぱり自分の変化はそのレヴェルじゃないんだ、と思い知らされたのは、ご近所の玉木さんとすれ違ったときだった。

玉木さんとは、そうしょっちゅう顔を合わせるわけではないのだけれども、道でゆきあうと、いつも明るく「アラぁ！」と声をかけてくれる。そして、庭の夏ミカンが沢山とれてマーマレードこしらえたから、ちょこっとお味見用の小ビンに入れて持ってくわね、なんて言ってくれたりするのである。たまに眼鏡をかけていない時にすれ違うと、こちらが声をかけるまで気がつかない、ということもあるのだけれど、その時は玉木さん、確かに眼鏡をかけていた。そして、私が、自分の方から声をかけようかな、という顔つきをしているのに気がついた様子で、〝えーっと、知ってる人かもしれないので、とりあえずの笑顔〟といった曖昧な笑顔で会釈して、そのまますれ違っていってしまったのだった。

もしも玉木さんがうんとご高齢だったら、やっぱり少し、人の顔の認知機能が衰えてらっしゃるのかしら、というようなことで話はすんでしまう。でも、彼女は私と同年代で、頭はいたってシャンとしている。三カ月ほど前に道で会ったときも、合唱団の練習中に起こった珍事のエピソードを面白おかしく話してくれたのである。今回の出来事はぜったいに彼女のせいじゃない。私の方に原因があるのだ——そう気がついたら、来週の高校の同窓会に行くのが急に怖くなってしまった。

実は、シミ、シワがすうっと消えた、という時点では、同窓会がかなり楽しみだったのである。この年になると、多少お肌の老化が遅いのでかつての「マドンナ」達との差が縮まった、などと喜ぶことのできた時期は通りすぎ、やはりシミ、シワはあっても、もともとの美人は「元美人」、そうではない者たちは、ただのシワクチャバーサン、という事実が残るのみとなっている。そこに一人、さっそうとシミ、シワ全く無しの私が登場したら！　――人生で一度くらいは人々の注目を集めるなどということがあってもよいのではあるまいか。

そんな気分に後押しされて、以前は送られてきてもただ眺めるだけだった、ちょっぴりお値段のはる通販誌で、お洒落っぽいアンサンブルを注文したりしてしまったのである。

しかし、そのウキウキ気分がいまやすっかり逆転してしまった。今回の異変は、単に時間を巻きもどして、正確に〈二十五歳だった私〉に戻してくれるのではなく、どうやら、どこの誰ともつかない、ただの〈二十五歳の女性〉にしてしまったらしい。あの、自分が消えてしまったという感覚は、まさしく正確な自己認識だったのである……。

たとえば受付で（たぶん今回も幹事の三浦敦子さんが受付に立っていると思う）「アッコちゃん、お久しぶり」なんて言っても、当惑したような顔で、「えーっと、お久しぶり……」ともごもご呟いて、名簿のどこにチェックしたらいいのかまごつく、などということになるのではないか？　まわりの人間も、「ほら、ふーちゃんじゃない。ここ、ここ」と助太刀してくれるかわりに、同じような当惑の表情でまごつくのではあるまいか。そして果ては、なにか〈あまりジロジロ見てはいけない障害者〉を見るといった目つきで、皆が変にやさしい気づかいをみせつつ遠巻きにしている、なんて事態になったとしたら……。

あー、やだ、やだ。

自分でも、想像が勝手に暴走しているのはわかっているのだけれど、それをふり切ってまで出席する勇気がわいてこない。鏡のわきにかかっている、先週届いたばかりの通販のアンサンブルを（ホントに、それを着てみると、私もまんざら捨てたものではなく見えるのである！）うらめしい目つきで眺めながら、三浦さんに電話をかけた。

「ごめんなさい、急な欠席で。うちの十八になる猫のクロサンの具合が悪くて、ちょっと家があけられないの」

「あらァ、それは残念ねェ。でも仕方ないわね。うちのミィが口内炎になったときも、一カ月つきっ切りだったわ。お大事にね」と三浦さんは優しく言ってくれた。許せ、クロサン。許せ、アッコちゃん。

そんな、「悩み」とも言えない、でも、深刻な悩みを、唯一うちあけて話せるのが、あの最初に異変に気がついた上原さんだった。

「それは残念でしたねェ」すばやくハサミを動かしながら上原さんが言う。

「ちょっと母の加減が悪いので、娘の私が代理で来ました。なんて言うテもあったかもしれませんヨ」

「でも、それもちょっとコワイかな。『こう言っちゃなんだけどネ、あんたのお母さんてのは偏屈者でね。よくまァ、嫁に行ってあんたみたいな可愛い娘さんができたもんだ』なんて誰かが酔っぱらって言ったらどーしよー」

「ひっぱたいてやったらいかがです？」

そんな話をして笑っていると、少しずつ心がほどけてゆくのがわかる。

「たしかに、聞いたことのない話ですけど、宝クジにあたったようなもんだと考えたらいかがですか？　おてんと様がひょっとした気まぐれで特別プレゼントをしてくれたんですよ。大いにお楽しみになったらどうでしょう」

別れ際に、上原さんはそんなことも言ってくれた。

おてんと様の気まぐれ特別プレゼント。たしかに、そんな実感の得られることが一つだけある。ランニングである。

もともと、家でパソコンの前に座りっぱなしが多い生活なので、買い物に出かけるときにうんと大廻りをして、三十分くらいよけいに歩くのを習慣にしていた。私のひそかな健康法、三十分ウォーキングである。

私のような年になると、ジョギングはかえっていけないのだという。老朽化したヒザや足首に負担がかかって、結局、そのせいで歩くのもままならぬ、ということになったりするという。だから私も、決して走らず、もっぱらすたすた歩きで、老人向けウォーキング健康法にはげんできたのである。

ところが、異変が起こってしばらくすると、この「ウォーキング」が苦痛になってきた。足が痛いとか、息が切れるとかいうのではない。その正反対で、若返った私の全身が、言うならば、〝チンタラ、チンタラ、こんなことやってらんねェよ！〟と叫んでいるのである。〈若返り〉は、髪や皮膚にとどまるものではない。当然、筋肉や心肺機能にも及んでいるはずで、そうなれば、「三十分ウォーキング」などという年寄り扱いには、大いに不満がつのる道理である。

ためしに、買い物を終えてから、買い物カゴを持たずに、走り始めてみたらば、実にすいすいと足が前に出て、こころよく地面をけってゆく。体中が〝待ってました〟という感じである。いつも三十分かけて歩いていた道のりを、十分足らずで走り終えて、息も切れていない。ただ爽快感だけがあった。

実は、子供の頃から運動はからきしだめだった。武内文子の名は、父が「文武両道をめざせ」と願って、男なら「文彦」、女なら「文子」と用意していたものなのだと聞いたが、結局、文も武もたいしたことがなかった。ことに、バットだのボールだのラケットだの、道具を使ってするような運動はすべてだめで、いわゆる運動神経というものが、絶望的に欠けていたのだと思う。

それが、毎朝走るようになって、ちょっと大袈裟に言えば、ああ、かつて学校時代の運動エリートたちはこんなふうに感じていたのか、と実感できるようになったのである。

日中はさすがに気がひけるので、朝早く走りに出ると、沢山のお年寄りに出会う。年寄りは下手に走ると足を痛めるという知識が広まっているせいか、走る人もおっかなびっくり、ヨチヨチと走っておられる。多くは、精一杯しゃんと胸をはってトコトコ歩いていらっしゃる。その中を、一人だけ異次元の走りで軽々とかけ抜けてゆく、この心地良さ。ちょっぴり、いや、たっぷりの優越感がそこに混じっていないと言ったらウソになる。

もう一つ、ランニングならではのお楽しみは、三十分ウォーキングでは届かないところにある、いくつかの素敵な〝お気に入りスポット〟である。

その代表格が「伯爵邸」。と言っても、もちろん、今の日本に本物の伯爵がいるはずもなく、昔、本物の伯爵が住んでいたというのでもない。私が勝手にそう呼んでいるだけなのだけれど、そのたたずまいが、いかにも「伯爵邸」と呼びたくなる雰囲気なのである。手入れのゆき届いた高い常緑樹の生け垣に囲まれた広い敷地。凝った細工がほどこされた鉄製の両びらきの扉の向こうには、円型の車寄せがひろがっていて、その奥に、なんともクラシックな洋館がそびえ立っている。

翻訳業を始めたばかりの頃、たまにこの前を通りかかると、ただ他人の書いた小説を訳すだけでなくて、自分でも、こんなお屋敷を舞台にしたすてきなロマンス小説を書きたいものだ、などと夢想したものである。

今ではさすがに、このロマンティックなお屋敷も、通りすがりに眺めるだけなら良い目の保養だけれど、持ち主にとっては、けっこう大変なのだろうなァ、と思う。維持費だけでも馬鹿にならないだろうし、固定資産税もとんでもない額になるに違いない。なんて現実的なことを考えてしまいながらも、走っていてこの近くにさしかかると、もうじき「伯爵邸」、と思うだけで足取りが軽くなるのである。

おてんと様のひょっとした気まぐれ特別プレゼント――上原さんのこの言葉は、まちがいなく私の心を軽くしてくれた。そのおかげで、少しずつ〈二十五歳になってしまった自分〉と折り合いがつけられるようになっていった。でも、本物の特別プレゼントは、まだまだ、それから先のことだったのである。

㈣ 伯爵邸

異変に見舞われてから約二年半がたった、ある日のこと。その日の朝も、いつも通り、日の出のころに走り始めた。朝の風は冷たいけれど、もう一月はじめの刺すような冷たさではない。気分よく走りつづけて、「伯爵邸」にさしかかったとき、広い正門の右わきの通用門が開いて、人影が走り出してきた。

軽々とした走りである。若い人ならではの走り——というだけではない。かなり走りなれた人に違いない。

まず、フォームが美しい。体の軸がぶれずに、足が楽々と前に出ている。力強いけりと大きなストライドは、ジョギングというより長距離選手の走りに近い——いかん、このままでは置いていかれてしまう。こちらもギアを切りかえて、相手と同じフォームを意識しながらスピードを上げる。

それにしても素晴らしいお尻である。ほどよく筋肉がついてキリッとしまったお尻——間違いなくAランクのお尻である。

昔から、男子のお尻については一家言あった。しまりなく太ってたるんだ尻は論外。カカシがズボンをはいたように、貧弱な尻にズボンがぶら下がっているようなのも、もちろんダメ。きたえられた筋肉がついてプリッとしまったお尻に、すっと長く真っ直ぐな足が伸びているのが望ましい――高校時代、女の子たちでわいわいと男子生徒たちの品評をしているときに、そんな見解を述べたら、みんながすうっと鼻白んだのがわかった。当惑の沈黙がひろがる。と、その沈黙を破って、いちばん仲のよかったナナちゃんが重々しく断言した、「ふーちゃん、あんたねェ、そんなふうだとこれからもゼッタイ、ボーイフレンドできないと思う」。当時の私は、ナナちゃんのこの断定に大いに不服だったのであるが、現に、彼女の予言は見事に的中してしまった……。

しかし、今更そんなことを気にする年ではない。ダメな尻はダメな尻、素晴らしいお尻は素晴らしいのであって、誰にはばかる必要もない。いま目の前を走っているのは、まごう方なきAランク、一級品のお尻である。しかも体にぴったりとしたランニング・ウェアなので、その素晴らしいヒップラインがおしげもなくさらけ出されている。

至福の眺めを楽しみながら走っていると、そのAランクのお尻の主は、道をそれて、いきなり左へ曲がっていった。そこは、私のもう一つの〝お気に入りスポット〟で、道から数歩わきに入ると、一望で富士山までの広がりが見わたせる、展望台のような形になっている。周りの木々がちょうど額縁をなして、さながら一幅の名画なのである。

ふつうなら、そこに侵入者が入り込んだりしようものならば、憤然として通りすぎるところである。しかし今日は、なんと言ってもA級のお尻の持ち主さまのご来場である。ためらうことなくその後について、かくれた展望台へと入っていった。

まるで、後から走ってくる人間がそこに立ち寄るのを予測していたかのように、ちょうど二人並んで立てる広さの片側にあらかじめ寄って立つ後ろ姿があった。

目の前には、晴れわたった早朝の空がひろがり、遠くには、雪をかぶった富士山がうっすらとき色にそまって、しんと鎮座している。

「きれいだ」

半分ひとりごと、半分話しかける、といった声で、彼がつぶやく。

「ほんとに」

横に立った私が、思わずそう答えると、彼がこちらを向いて、笑顔を見せた。

「とびっきりの笑顔」――ずっと以前、まだ翻訳初心者のころ、この言葉を使ったら、編集者に、こういう泥くさい紋切型の表現は使わないでください、と叱られたことがある。

でも、この世には本当に「とびっきりの笑顔」というものが存在するのである。

まるで邪気のない、純粋な笑顔。美しいものを見て心がはればれとし、それを他の人間と分け合うのが嬉しい。その嬉しさがそのまんま笑顔になってあらわれ出た――そんな笑顔が目の前にあって、自分でも、そのままの笑顔を返していた。

どのくらいの時間がたったのだろう。いつの間にか、二人共、ただじっと見つめ合っていた。やがて、ふっと我に返ったように、彼は身をひるがえして走り出していった。

しばらくは、ただぼーっとしてその場に立ちつくしていた。自分の身に起こったことが信じられなかった。

本来は、こんなことに驚いていてはダメなのである。実は、私が若い頃から翻訳してきたのは、ハーレクイン・ロマンスをはじめとする女性向けロマンス小説であって、その中ではほとんど必ず、主人公の男女がじっと見つめ合う。それなしにはロマンス小説はなり立たない、と言っても過言ではない。十秒だろうが十分だろうが、男女がじっと見つめ合ったくらいで驚いていては、ハーレクインの翻訳者などつとまらぬ――はずなのである。ところが、いざそれが我が身に起こってみたら、まさに恐慌をきたしているといった体たらくである。

「どーしよー、どーしよー」そんな呟きが心の奥からこぼれ出てくる。

そう言えば、高校時代、ナナちゃんが憧れの先輩からラブ・レターもらっちゃった、どーしよー、どーしよー、と言ってたことがあった。それを聞いて、ひどく冷淡な気持ちになったのを覚えている。どーしよーって、フン、ただ喜べばいいだけの話じゃないのさ、と思い、また実際にそう言ってやったのだけれど、本人はそれが耳にも入らない様子で、相変わらず、どーしよー、どーしよーと騒いでいた。バッカじゃなかろか、と独りごちたのであるが、今なら、その気持ちがよく解る。

ごめんね、ナナちゃん。今ならよく解るよ。家への帰り道を走りながら、心の中で呟いた。六十年近くたって、ようやく解ったなんて、オクテもいいとこだよネ。

と、その時、はっと気が付いた。

あの「とびっきりの笑顔」君は、どう見ても二十歳《はたち》そこそこ。ほとんど半世紀の年の差ではないか！　いくら年齢同一性障害だからといって、これはあんまりだ。何が「どーしよー、どーしよー」だ――なんだか自分で自分を笑いたいような気分になったのだった。

でも、それが妄想だと気がつくと、かえって自由に、「とびっきりの笑顔」君をめぐる想像がはばたく。

そもそも、彼はあの「伯爵邸」の何なのだろう？　通用口から出てきたところを見ると、執事の息子？　いやいや、あれは本物の伯爵邸でもなんでもないのだし、いまどき執事なんて（しかも日本に）いるはずがないのだし。

　これまで一度も姿を見かけたことがなかったというのは、ずっと留学でもしていて、休暇で帰ってきたところなのか？　あるいは、あのお屋敷はもう人が住んでいなくて、ただ文化財として保存されているだけで、彼は新しく着任してきた管理人なのかもしれない。

　そんなことをあれこれ推理、推測するだけでも、なんだかわくわく楽しいのである。

　そうだ、あのお屋敷には、たしか表札がかかっていたはずで、それを見ればいろいろなことがわかるはずである。うかつなことに、これまでお気に入りスポットとか言いながら、自分で勝手に「伯爵邸」と呼ぶだけで、表札をたしかめて見ることもしないできたのである。一度、ちゃんと確認しに行ってみようか。いやいや、そんなことをして、下手に現実が入り込んできてしまったら、せっかくの楽しい妄想が台なしになってしまうかもしれない。

　あれ以来、ずっと別のコースを走っているのも、そんな思いがあるからである。あの同じ道を走っていて、またあの坊やに出会ったら、ひょっとして「お元気ですねェ」なんていたわりの声をかけられてしまうかもしれない。なんのことはない、自分で二十五歳に見えていると思っているだけで、外から見ればヘンに若造りのオバーサンにすぎないのかもしれないのである。あー、そんなのやだ、やだ、と、いつもとは逆の方向におじけづいている。

十日ほどたった或る朝、そんなためらいをキッパリと克服した、というわけでもなしに、ただなんとなくいつもの習慣にもどって、あのお気に入りのルートにむけて走り始めた。

遠くで救急車の音がする。この時間は、救急車の音をきくことが多い。父の時もそうだった。三回、救急車のお世話になって、三回ともこのくらいの時間だった。

いまだに、このピーポーピーポーという音を耳にすると心が騒ぐ。いったいどこで、誰が、どんなふうにしてその到着を待っているのか、他人事でなく思えてしまうのである。

救急車の音は、割合に早く止んだ。ということは、消防署からあまり遠くない所らしい。無意識のうちに走るスピードが上がった。例の「伯爵邸」は消防署からほど近いところにある。心配と野次馬根性とがまぜこぜになったような気分で、救急車の音が止んだ方角にむかって走ってゆく。

「伯爵邸」につづくまっすぐな道に出たとたん、ちょうどそのあたりに、真っ赤な点滅する救急車の明かりが見えた。さらに近付くと、いつもは閉まっている正門の扉があいていて、その真前に救急車が止まっている。あ、やっぱり、と思ったとたん、心配と野次馬根性の間で揺れていた心が、一気に心配の方に傾く。

と、救急車のわきに立つ、救急隊員でない人の姿が目に入った。彼だ！　安心と同時に、もう一度彼の姿を見られたという、自分でも思いがけないほどの嬉しさがこみ上げてきた。でもすぐに、彼がなにか困っているらしいこと――それも、救急車に運び込まれた病人の容態以外のことで、困っているらしいことが見てとれた。握りこぶしを口に当てて、いかにも思案にくれたといった様子で屋敷の方を眺めている。それを見て、あとさきを考えることなく声をかけていた。

「あのう、何かお役に立てること、ございませんか？」

声をかけられてはっと顔をふり向け、更に、それが先日見かけた顔であることに気付いて二段構えではっとしたという格好で、彼は、一瞬まじまじと私の顔を見つめた。

「ほんとに、お願いしてよろしいですか？」と言うなり、先に立って歩き出す。

「母がいま車椅子で、一人で居るんです。八時に家政婦の木村さんが来るまで、一緒にいてやって下さると、とても安心なんですが」

「お安いご用です」私も小走りになりながら答える。

玄関の右わきにある勝手口の鍵をあけながら、彼がふり返った。

「あ、お名前をうかがってませんでした」

「タケウチです。タケウチフミコ」

「お母さん」扉をあけて彼が呼びかける。「ご近所のタケウチさんが来て下さった。木村さんが来るまでいて下さるって。ボクはこれから父さんにつきそって行ってくる」

そして、そこでもう一度あらためて真正面から私の顔を見て、真剣な声で言った。

「ふみこさん、本当にありがとうございます」

彼が出ていって、二分もたたない内に、救急車はサイレンを鳴らして走り去っていった。


「どうぞお上がりになって」

そう言って招じ入れられたのは、意外なほど飾り気のない、ふつうのダイニング・キッチンだった。さすがに椅子もテーブルも食器棚も、一目で上等物とわかるつややかな糖蜜色の木製で、部屋全体がひろびろとしているけれども、なにか、いかにもそこに人が住んで毎日暮らしているという、ふつうの雰囲気をただよわせている。

いましがた「お母さん」と呼ばれた人が「車椅子」で近付いてくる。「車椅子」と聞いて、なんとなく病身で身動きもままならぬといったご婦人を想像していたのは見事にはずれた。「車椅子」と言っても、「お母さん」が腰かけているのは、オフィスなどでよく使われるキャスターつきの事務椅子で、片足には真っ白いギプスをはめているものの、もう片方の足で力強く床をけってすいすいと進んでくる。入口まで来ると「お母さん」はスリッパ立てからスリッパを一組取って手渡してくれた。

思いがけない出むかえに、すっかり恐縮してスリッパを受け取る。

「あの……初めまして、タケウチと申します」

と挨拶してから、自分の格好に気がついた。ごくふつうのジョギング・ウェアではあるけれど、「初めまして」と言ってよそのお宅を訪問する格好ではない。

「すみません、こんな格好で、いきなりお邪魔してしまいまして……」

「とんでもない。こちらこそ急なお願いでごめんなさいね。ジョギングしていらしたんでしょう？」

「いえいえ、そんなのはもう、全然かまわないんです」

それより、はたしてここで何か役に立てるのか。ただの邪魔っ気な侵入者にすぎないのではないか——「お母さん」は少しも迷惑そうな顔ではないのだけれど、それだけに、なおのこと後ろめたい。本当は、私は「ご近所」でもなんでもなく、ただ、一度顔を合わせただけの「とびっきりの笑顔」君（または「Aランクのお尻」君）にもう一度会えるかもしれないと思ってウロウロとやって来ただけなのだが、そんな真相は話せるものではない。だいいち、たったいまご主人が救急車で運ばれていったばかりの人に、いったいどんなことをしてあげたらいいのか、どんな話をしたらよいのか、見当もつかない。なにか少しは役に立つことをしている気分になりたくて、「お茶でもお入れしましょうか」と言ってみた。

「そう、お茶もいいわねぇ。そこに二人用のお急須があるから、タケウチさんもご一緒に……」と言ってから「お母さん」はふっと思いついたようにつけ加えた。

「あ、その前にトイレに行ってこようかしら。申し訳ないけど、入口のところでちょっと椅子をおさえていただける？　車椅子と違ってストッパーがついていないから、乗り降りのときおさえていただけると安心なの」

「はい、お安いご用です」と答えながら、父の最晩年、脳梗塞の入院中、退院後にそなえてトイレ介護の講習を受けたときのことを思い出して、内心ちょっとびくついていた。半身不随の人のトイレ介護は、バランスを崩しやすくて、とても難しいのである。

ただし、これは本当に「お安いご用」だった。トイレの入口までいっしょに行って、扉を開けて中に入るときに椅子をおさえ、帰りはまた、扉が開いたら、腰かけやすい向きに椅子をむけておさえる——それだけである。

それでも、なんだかちょっぴり役に立ったような気分で、だいぶ気が楽になった。ダイニング・キッチンにもどって、お茶を入れながら、こんな時には、かえって他人が居てなんでもないお喋りをしたりする方が、一人で緊張して連絡を待つよりもすごし易いかもしれない、と思いなおした。

「そのキャスターつきの椅子で家の中を移動するって、すばらしいアイディアですね。もう、すいすい乗りこなしていらっしゃって」

まずはそんな話から始めてみた。「お母さん」も気さくに応じてくれた。

「そうなの。グッド・アイディアでしょう。たかゆきが、お母さん、家の中で本格的な車椅子なんか使っちゃだめだよ。丈夫な方の足まで弱っちゃうから。キャスターつき事務椅子がいちばん、て言ってね。取り寄せてくれたの」

「まァ、孝行息子さん！」（そうか、「たかゆき」さん、なのか……）

「ええ、ほんとにね……。それで、リハビリ開始にそなえて、右足をせっせと使って家の中を走り廻ってるわけなの。左足の方もできるだけ、曲げたり、伸ばしたりしてね。でも、さっきみたいな時は、手があるとほんとに助かるわ。ありがとう」

「いえいえ」と応えながら、本当はもっと「孝行息子さん」のことが聞きたいのに——そして「お母さん」自身も、息子自慢がしたい気配は見えているのに——あまり「孝行息子さん」にこだわりつづけるわけにもいかず、ごく平凡な質問におちついた。

「左足は、ころばれたんですか？」

「そう。ばかばかしいことに、自分の庭でころんだのよ」

「広いお庭ですものね」

「そうなの。坂道があったり、根が出てたりね。だからいつもは庭に出るときはちゃんと足ごしらえして行くのに、夕焼けがあんまり綺麗だったんで、つい、サンダルをつっかけて出ていっちゃったの」

そう言えば先々月、めったに見られないようなすばらしい夕焼けがあった。ただ西の空が赤くなるというのではなく、空全体がとき色に染まって、思わずほう、とため息の出るような夕焼けだった。

「あ、あの夕焼けですか？　空のむら雲がぜんぶ染まって……」

「それよ、それ。あなたもご覧になった？」

「見ました、見ました。二階の窓から、ぼうっとなって見てました」

「それを見てて、ころんじゃったのよ」

「いやぁ、無理もありませんね。あれは、それだけの価値のある夕焼けでした」

「ふっふ。そんなふうに言う人に初めて会ったわ。みんな、バカねぇ、夕焼け見に出てころぶなんて、って言うのよ」

なんだか気の合った友人同士のように、私たちは軽く笑い合った。と、そのとき電話が鳴った。「お母さん」がすばやく車椅子をすべらせて受話器をとる。

「ああ、木村さん？」

ちょっとほっとしたような、ちょっとあてがはずれたような声に、こちらもほっと肩の力が抜ける。

「おや、まあ。それはしばらくかかりそうねえ」……「いえ、大丈夫よ。あせらず、ゆっくりいらして。こちらは本当に大丈夫だから」

木村さんの乗った電車が、いま経堂駅で止まっていて、登戸駅で事故があったのでしばらくは動かないのだという。

「八時までっていうお願いだったのに。悪いわねえ」と「お母さん」が気づかってくれる。

「いえいえ。私の方はお気づかいなく。自宅でのんびりした仕事をしているだけですから」

今ここで帰ったら、「職場放棄」だ、という気がする。木村さんが来るまで、と約束した以上、ここで帰るわけにはいかないし、帰りたくない。しかし、木村さんの代役として、すべき仕事があったら、しておかなければなるまい。そう言えば、先ほど電気釜のたき上がりを知らせる音がしていた。

「ご朝食は、いつも木村さんが？」

「そう。木村さんが来てすぐに用意してくれるんだけど……。今日はあんまり朝ごはんをゆっくり食べるような気分じゃないし……」

いましがたの電話の音で、つかの間のくつろぎ気分は跡かたもなく消え去っていた。しんとなった室内に、庭でにぎやかに鳴きかわすヒヨドリの声がひびく。と、また電話がなった。受話器に手を伸ばす「お母さん」の顔が、かたく緊張している。

「たかゆき？　どうなの？」……「そう。そうだったの」……「ええ」……「ええ、わかったわ」

その声と顔から、どんな知らせだったのかは聞かなくてもわかった。そっと受話器を置いたあと、しばらくは、私がそこに居ることを忘れたように、「お母さん」はじっと座っていた。なんだか、先ほどまでの生き生きとした姿から、すうっと空気が抜けてしぼんでしまったように見える。それを見ているとたまらなくなって、椅子のわきにいざり寄って膝立ちになると、「お母さん」の手が、なにかつかまるものをさぐるように伸ばされてきた。その手を両の手で包んで、じっとしていた。ただただ、自分の手のぬくもりを、この乾いた骨ばった手に伝えたい――それだけを思って、じっとその手を包んでいた。そのときふっと、そうか、あの夜のクロサンは、こんな気持ちでいたんだな、という気がした。

どのくらいそうしていただろうか。勝手口の扉のカギがカチャカチャと音をたてるのが聞こえて、はっと身を起こした。

「遅くなりました。お早うございまーす」

まるで別世界からのような、明るい元気な声とともに、木村さんが入って来た。

が、すぐにその場のただならぬ空気に気付いて、心配そうな顔になってたずねる。

「どうなさいました？」

「今朝はやく、主人がね、病院にはこばれて、ついさっき息を引きとったって、たかゆきから電話があったの」しぼり出すような「お母さん」の声に、木村さんの顔がみるみる歪んで、大粒の涙がこぼれ落ちる。

「まあ、なんていうことでしょう……」

木村さんの涙につられて、「お母さん」の目にもはじめて涙がうかんだ。

「ほんとにねえ、木村さんにもよくしていただいて……」

「そんな時に、遅れてしまって……」

「いえいえ、電車の事故は仕方ないし、ちょうどご近所のタケウチさんが来てくださったので、大丈夫だったのよ」

すかさず「タケウチでございます」と頭を下げる。〝勝手に領分に侵入してしまってゴメンナサイ〟のメッセージを、丸めた背中に最大限にこめた挨拶である。木村さんの方も、横目でちらりと急須を見ながら、〝了解〟のメッセージをこめて「ありがとうございました」と応じる。言うならば、下働きの人間同士の必要不可欠のコミュニケーションである。

それを見ていた「お母さん」が、いく分、ふだんの自分を取りもどしたといったふうに、指令を発した。

「たかゆきの話だとね、十時すぎには担送車が出発して、一時間くらいで着くだろうから、主人の床をととのえておいてくれって。奥の和室がいいんじゃないかしら。階段がない方がいいから」

「あ、すぐにご用意いたしましょう」

木村さんが先に立ってゆく後を、私たちもゆっくりとつづいてゆく。長い廊下のところどころには、淡彩をほどこした、ヨーロッパのアンティークものらしいエッチングの風景画がかかっている。その廊下をつきあたった右奥に和室があった。

雨戸を開けると、二方が庭に面していて、朝の光が射し込んでくる。こんなところに寝泊まりしたら、さぞ心持ちが良いに違いない。横たわるご本人はもう、心持ちの良し悪しを弁ずることができないにしても、「お母さん」がこの部屋を選ばれたのは、わかる気がする。

南がこちらだから、北側は——とひとしきり方向を確かめてから、北枕の作法通りにふとんを敷き、あとは担送車の到着を待つばかりとなった。

ダイニング・キッチンにもどると、木村さんはすぐに遅れた朝食のしたくにかかり、「お母さん」は地元の葬儀を一手に引き受けている小宮山葬儀店に電話をかけている。もう、私のすることは何もない。本来は木村さんが来た時点で私はお役ご免というわけであって、あとはついでのオマケのようにして今まで居残っていたのだけれど、そろそろおいとまの頃合いである。

それをひどく残念に感じていることに気づいて、自分でもちょっとあわてた。いややや、もう帰らなければ、と自分で自分のえり首をつかんでひったてるようにして勝手口に向かう。木村さんと「お母さん」の両方に声をかける塩梅で、「たいへんお邪魔いたしました。それでは、私はこれで……」と頭を下げる。

「お母さん」が電話口から顔を上げて「タケウチさん、今日は本当にありがとう」と声をかけてくれたのに答えるようにして、「のちほど、枕花をもってうかがいます」と言ってから、もう一度頭を下げて勝手口を出た。

通用門を出て、家への道を走り出す。急ぐ必要はないのだけれど、ジョギング・ウェアを着ているので、自然に走り始めてしまうのである。

それにしても、思いもかけない展開に、今さらのように驚かされる。今朝走り出したときには、ただ外側から眺めるだけの「伯爵邸」でしかなかったお屋敷のなかに上がり込んで、お茶を入れたり、仏様用のふとん敷きまで手伝ってしまったのだから――つい今しがた、木村さんと二人で、きれいにアイロンのかかったシーツの両端をもって、まるで古くからの息の合った女中さん同士のように、ピタッとしわなく伸ばしてふとんの上にしいたときの手触りが、ありありと甦ってくる。

それればかりではない。その家の、或る意味でいちばん私的な瞬間に居合わせたのである。それも、これ以上ないというほどの至近距離で……。

そのことを考えると、なんだかよその家のうちに、ズカズカと土足で上がり込んでしまったような後ろめたさに襲われる。さらにその上、とっさに口をついて出た「枕花を持ってうかがいます」などという口実のもとに、もう一度上がり込もうとしたりするのは、あまりにも図々しいのではなかろうか？

でも、あの電話のあとの数分間――何をしてあげたというわけでもないけれど、「お母さん」があの数分間を、誰も居ない家の中で一人ぼっちで過ごしていたら、と想像すると、想像しただけで耐えられない気がする。

ひょっとするとたかゆきさんは、そのことまでも予想して私に頼んだのかもしれない。

そう、たかゆきさんは、ちゃんと私の名の方も聞きとって、「ふみこさん、本当にありがとう」と言っていたではないか……。土足でよその家の私事の内に踏み込んだのではない。私に托された大事な約束を、きちんと果たしただけなんだ。

そう考えると、すっと心持ちが落ち着いて、家に着くころには、後ろめたい気持はきれいに消えていた。


かんたんに朝食をすませ、あまり真っ黒に改まった喪服姿にはならず、かと言ってくだけすぎず、といったところで、紺のセーターとスカートに着がえる。手さげにケイタイとお財布を入れ、そこで迷いが生じた。名刺をどうしよう？

いかにも、またのご連絡をお待ちしています、とばかりに名刺をそえるのは、図々しくでしゃばって見えるのではないか──なんて思うのは、自分に下心があるせいではないか──などと心の中で押し問答をかさねたあげく、ごく平凡な結論に達した。いやいや、いきなり紹介もなしに上がり込んだ、どこの馬の骨ともわからぬ人間が、出しゃばって枕花までかかえてゆくからには、それなりの名乗りが必要である。住所と連絡先がきちんと印刷された名刺をそえるのは、最低限の礼儀ではあるまいか。「なにかお手が必要なこと、ございましたらば、いつでもご連絡くださいませ」なんていうセリフまで浮かんでくる。こういうセリフが自然に浮かんでくるのが、年の功というものなのだ。いまやすっかり腰がすわって、名刺を手さげに入れて家を出た。

真っ白な花籠をかかえて真岡邸（帰りがけに表札を確かめたらば、真鍮の表札に大きく「真岡」と打ち出されていた）への道を歩いていると、あともう少し、というところで担送車が追いこしていった。

ちょうど、担送車のおまけのような格好で、ひらかれた正門を通り、担架が家に入ってゆく後から、玄関に入って行った。連絡を受けたらしい黒背広の葬儀屋さんと、車椅子の「お母さん」、木村さんが待ち構えていた。

「こちらへ」

たかゆきさんが先に立って、奥の和室へと職員を案内してゆく。きれいに整えられたふとんの枕元には、お水とともに、今朝たき上がったごはんを盛ったお茶碗の上におはしが立ててある。葬儀屋さんが持ってきたものらしく、すでに大きな枕花が置かれているとなりに、持ってきた花籠を置いて隅にしりぞく。一瞬、たかゆきさんと目が合うと、ありがとう、と口だけ動かして、こちらに会釈してくれた。それだけでもう、すべて報われた思いである。

担送車の職員が、葬儀屋さんといっしょに遺体を安置し、沢山のドライアイスをふとんの中に詰み入れ、合掌し、頭を下げて去ってゆくと、急に部屋全体がしんと静まって、〝喪の部屋〟という感じになった。

ふとんのわきに横坐りになった「お母さん」は、遺体の顔にかけられた白布をそっとめくって、しみじみとその顔をみつめた。涙が静かに頰をつたってゆく。それをぬぐおうともせず、「お母さん」は手をのばして、ご主人の頰をそうっとなでた。周りの者には聞こえない、二人だけの会話を交しているかのように、いつまでもなでつづけていた。

こんなふうに、永年つれそった伴侶に別れをつげるのは、どんな気持のものなのだろう——同情とか気の毒とかいうのではなしに、ああ、自分には、ついにそういう経験をする機会はないのだ、という切実な思いがわいてきた。これまで、結婚できなかったことを悔やんだことはついぞなかったのに、いま、「お母さん」が夫に別れを惜しむ姿を見ていたら、しみじみと羨ましかった。

やがて「お母さん」は、決然として、といった面持でしゃんと身を起こし、両手をしっかりと合わせて頭を下げた。

かたわらの木村さんとたかゆきさんに支えられて、車椅子にもどった「お母さん」は、われわれが順ぐりに枕元に坐って合掌するのを見とどけてから、たかゆきさんに声をかけた。

「ミサコさんには？」

「病院から電話しておいた。早くてもあさっての夕方になるらしい」

「そう。じゃあお通夜はその後の方がいいわね。会社の方とも相談しないとね」

「うん。今日はこれから社に行って、中村さんと相談してくる。どんな形にするか、やっぱり直接会って相談しないと」

そう答える彼の様子は、ひどく大人びて見えた。どう見ても、はたちそこそこの坊やの受け応えではない。

そうだ、何で気がつかなかったんだろう。このお母さんの息子なら、いくら年がはなれているといっても、はたちということはありえない。若く見えるけれど、三十代なかば、ということもありうる。だとしたら、奥さんがいても全然ふしぎではない！

「ミサコさん」と「お母さん」は言っていた。これは断じて彼の妹やお姉さんのことではありえない。この呼び方は、お嫁さんを呼ぶときのものである。それ以外ではない。

あさっての夕方にようやく着けるということは、いま外国に居るということだろう。つまり、外国で暮らしていて、奥さんを置いて一時帰国している三十代の男——これが「とびっきりの笑顔」君の正体だったんだ！

にわかに霧が晴れたように、すべてがくっきりと見えてきた。と同時に、パタリと電源を切ったごとくに、妄想が消え去っていた。

これは、倫理観だの道徳観だのということではない。言ってみれば職業上の習慣のようなものである。

もともとハーレクイン・ロマンスのシリーズは、清く正しく美しく、を標榜していて、際どい場面もさらりと上品に、を原則としていた。今でこそ、似たようなシリーズの中には、ほとんど女性用ポルノと言いたくなるようなものも目につくのだけれど、それら全部に共通して、いまだに守られている大原則がある。主人公となる男女は、必ず未婚者（やもめ、未亡人、離婚済みを含む）でなければならぬ、という鉄則である。少なくとも、私が訳してきた三十篇以上に及ぶロマンス小説のなかに、そこからはずれた作品は一つもなかった。

ふり返ってみれば、実生活のなかではロマンスなどというものとまるで無縁に生きてきて、物足りないともなんとも思わなかったのは、自分の翻訳するロマンス小説を、そのつど自分の人生みたいにして生きてきたからだったのだ、と思う。だから、そのハーレクイン・ワールドを律しているハーレクイン憲章は、そのまま私の人生を律する憲章となって今に至っている。言うならば、私の人生訓のど真中には、「妻帯者立入禁止」の大看板が立っているのである。

いまやすっかりケロリとなってしまった私は、このお屋敷内にいつまでもぐずぐずしているいわれなど、まるでない——はずである。それでも、ごあいさつだけはきちんとしていかなくては。

あらためて、「お母さん」に正式のお悔やみを言うべく、ダイニング・キッチンへとむかう。葬儀屋さん、たかゆきさんと打ち合わせをしていた「お母さん」は、私の方に椅子を向けて、心のこもった声で「ほんとうに有難う」と言ってくれた。「あなたが居てくださって、どんなに助けられたか……。ありがとう」

私にとっては、その一言がなによりの宝物である。今朝のあの二、三時間は、人とのふれ合いというものが極度に乏しい自分の人生の中で、なんと貴重なものだったろう、とつくづく実感する。


木村さんにもあいさつし、勝手口に向かおうとして、先ほど正面玄関に靴をぬぎそろえたままだったことに気づいた。玄関にもどって靴をはいていると、廊下を走ってくる足音がする。

「ふみこさん、待って……」

ふり向くと、たかゆきさんがすぐ後に立って、まっすぐこちらを見つめている。握力のつよい視線である。こちらの視線をしっかりと握りしめて、目がそらせなくなる。いつの間にか、切れたはずの電源が入っている。それどころか「どーしよー、どーしよー」というひそかな呟きが、心の底から泡のように立ちのぼってくる。

「あの、ご連絡先を、ぜひ」

そんなことを言われても、言葉が出てこない。こちらのためらっている様子を見て、彼は奥の手をくり出してきた。

「母が……またどうしてもお目にかかりたいと言ってるもんですから……」

そう言われたら、断わるわけにはいかない。さきほどためらってから手さげに入れた名刺を、また別のためらいの末に取り出し、あとのセリフはすらすらと口をついて出てきた。

「なにかお役に立てることでもございましたら、いつでもご連絡下さいませ」

そして、深々と頭を下げて玄関を出た。

「ご連絡」は、来るかもしれないし、来ないかもしれない。どちらにしても、ただ成り行きにまかせよう――そんな気持ちになっていた。

㈤ ふーちゃんのアルバイト

数日後、新聞の経済面の下段に訃報記事が出ていた――真岡製薬株式会社元相談役、真岡隆一氏、急性心不全で死去（九十二歳）。創業者真岡隆氏の長男。葬儀は近親者によって行われた。追って真岡製薬主催のお別れの会が催される予定……。

新聞に、自分の知り合いの記事が載るなんていうのはめったにあることではない。しかもこれは、自分が立ち合った出来事の記事でもあり、また、何よりも、あの「とびっきりの笑顔」君の家の話である。たいていの人には無味乾燥な訃報記事に違いないけれど、この小さな短い記事を、何度もなめるようにして読んだ。しかしまた、繰り返し読むうちに、ああ、遠いところにいる人たちなんだなぁ、という思いもわいてくる。

と、そんなことを思いながらパソコンをひらくと、メールが来ていた。件名は「真岡隆之です。先日は有難うございました」とある。

こんなに早く「ご連絡」があるとは思わなかった。遠いはずの話がたちまち近くなる……。

ではない。

と言っても、中身はいたって簡潔な、礼儀正しい、御礼メール、依頼メール以上のものではない。

「武内文子様、

先日は本当に有難うございました。あとで母から詳細を聞きました。御礼の言葉もありません。深く感謝しております。

昨日、ぶじに葬儀を終えました。

おかげさまで母の骨折の経過もよく、もうじき本格的にリハビリ開始の予定です。それに関連して、さらなるお願いごとをいたしたく、近々お電話させていただきたいと存じます。お電話を差し上げて構わない時間帯をご指定いただければ幸いです。

何卒よろしくお願い申し上げます」

この本文に、本人の名前、住所、電話番号、ケイタイ番号、メール・アドレスの一セットがつづいている。四角四面のかっちりとしたメールである。

こちらも負けじと、礼儀正しい四角四面の返信を打った。

と、すぐに翌日、メールで指定した時間帯の真中あたりの時間に、電話が鳴った。

「マオカです」――電話で聞く声は、実際に顔を見ながら聞くよりも、はるかに大人びて聞こえる。ゆったりと落ちついた声、という印象である。

「早速なんですが、母のリハビリ通院につきそっていただけないかと思いまして。来週から、K中央病院に週三回の予定なんですが」

「はい、お安いご用です」と言ってから、いつも同じセリフを言っていることに気がついた(しかも、とうてい今どきの若い女性の口からは出そうにない、古臭いセリフである)。

「ただ、わたくし、車も運転免許も持ってませんので、お連れする足が……」

「あ、それは僕が運転手をつとめますから、ご心配なく」とちょっぴり彼の声が笑みを含む。「帰りの運転ができない日もありますが、その時は、すみませんがタクシーを使っていただいて……。K中は病院の出口にタクシー乗り場がありますから」

「そうでしたね。あそこなら帰りは簡単です」父が入院していた時のことを思い出しながら答える。

そのほか、毎回のつきそいサービス料を決めたり、来週の月曜日からスタートで、月・水・金の週三日。毎回、八時四十分に出発するので、その十分前くらいに来ておいて欲しい、といった取り決めをしたりして、電話会談は終わった。

翻訳の仕事以外に、仕事《アルバイト》らしい仕事《アルバイト》はしたことがないのだけれど、これならばなんとか出来そうな気がする。なによりも、たかゆき氏の依頼の仕方が、てきぱきとしていながら、居丈高なところが少しもないのが好もしい。アルバイト料を決めるのにも、「失礼にあたるかもしれませんが」とか、「一般の通院つきそいサービス料をしらべてみましたら」とか、相手を気遣う前置きつきで、これはなかなか今どきの若者にはできない芸当である。たぶん、お金持ちには違いないのだろうけれど、かえってそれを照れくさがっているような気配さえ感じられる。昨今、耳にする機会のなくなった、「ジェントルマン」などという言葉もうかんでくる。

かと言って、四角四面の堅苦しいやり取りというのではなかった。時折ふっと、頰をゆるめたようなところもあって、話をしていて快い。なかでも、「あ、それは僕が運転手をつとめますからご心配なく」の一言は、笑顔が見えるような感じの声で、そのひびきを耳によみがえらせるだけで、ワクワクした気分になるのである。夕食後、皿を洗いながらうきうきとその一声を反芻していて、はっとその言葉の意味に気がついた。

つまり、それって、毎週、三回、必ず会える、ということではないか。

ウレシイ、という気持ちより先に、なんだかまるでなじみのない、奇妙な感覚に襲われた。なんと言ったらよいのか——知らぬ内に間合いをつめられていたという、どこか身のすくむような感覚である。なにも知らずにいい気になって、いまどき珍しいジェントルマン、などと相手を評定したつもりになっている間に、むこうはほんの一太刀の間にせまっていた……。そんな感じである。
しかもそれが少しもイヤな感じでないのが、よけい不安になるのである。

いやいや、つまらぬことを考えるものではない。週に二万一千円にもなるアルバイトを引き受けるのである。きちんとそれに見合っただけの働きができるかどうか、それだけを考えておればよろしい、と自らを叱咤するのだけれど、その奇妙な感覚は、どうにも追いはらうことができないのだった。


初仕事の日の朝、約束の時間のさらに五分ほど前に到着すると、ちょうど正面玄関前に車が寄せられたところだった。銀色のベンツのドアを開けて、背広姿のたかゆきさんが出てくる。はじめて見る背広姿は、いかにもしっくりと身についていて、颯爽としている。こちらに気づいて、「やあ、おはよう。今日はよろしく」と無造作に片手を上げて挨拶するさまが、日頃そういった挨拶をしなれている人、という雰囲気をただよわせていて、ちょっと気圧《けお》されてしまう。

「おはようございます！」

と精一杯元気よく挨拶しながら、これではまるで、新入社員が大張切りで社長さんに挨拶してるの図だな、とおかしくなった。

お母さんが後部座席に乗り込んで、私もその隣に乗ろうとすると、たかゆきさんは助手席のドアを開けて、「ふみこさんはこっち」と指示を与えた。「着いたとき二人とも左側にいてもらわないと不便だからね」

「はい、了解です！」

たしかに、病院の朝の入口はひっきりなしに到着する車で混雑する。すばやく左側から降りて、後部座席のお母さんが降りるのを手助けしなければならない。「助手席」という名はダテではないのだ、と心中に呟きながら、着いてからの段取りなどを思い描きつつ指示に従う。

しかし、いざ乗り込んでみると、この助手席というものは、どうにも居心地が悪い。いや、乗り心地はすばらしいのである。メルセデス・ベンツの助手席は、なるほどこれが高級車というものなのか、という乗り心地のよさである。ただ、すぐ隣に彼が座っているー―それだけで、なんだかそわそわびくびくした、自分が自分でないような心持ちになってしまうのである。

「ちょっと緊張してる？」

走り始めてしばらくして、たかゆきさんがこちらをチラと見て言う。

「ハイ、ちょっぴり」

「大丈夫。とくに難しいことは何もないから」

もちろん、これは初仕事にあたっての緊張の話である。まさか、いいえ、あなたの隣に座っているのでドキドキして緊張してるんです、なんて言えるわけはない。でも、たかゆきさんのちょっと笑みを含んだ横顔を見ていると、そんなことは全部見すかされてるのではないか、という気もしてくるのである。


この初仕事の日以来、なんとなく、たかゆきさんが年上で私が年下、という暗黙のかたちが出来上がった。考えてみれば滑稽な話である。実際には、少なくとも私の方が四十歳は年上なのである。しかし、だからと言って、わざわざその誤解を訂正することもあるまい……と思っているうちに、やがて、私が「ふーちゃん」と呼ばれるようになって、その暗黙のかたちはさらにいっそう確固たるものになった。


仕事が始まってしばらくしたある日のこと、車が走り出すとすぐに、たかゆきさんが尋ねかけてきた。

「ふみこさんは小さい頃、家ではなんて呼ばれてたの？　ふみちゃん？」

「ううん、ふーちゃん」

「ふーちゃんか。ふーちゃん……いいねェ」

本当を言えば、若い頃、ふーちゃんという呼び名はあんまり好きでなかった。ちっとも頭が良さそうでないし、格好良くもない。名前を聞いただけで、なんだかもっさりとした冴えない姿がうかんでくる。「サッチャン」だの「マリチャン」だののだったらどんなにいいだろう、と思っていたものである。

ところがいま、たかゆきさんが「ふーちゃん」と言うと、全然ちがって聞こえる。まるで、ほんわかと明るく素直な女の子の名前みたいに聞こえる。そんな女の子だったことなんて一度もなかったのに、本当に自分がそういう女の子だったような錯覚さえ生じてくるのである。

その日以来、たかゆきさんもお母さんも、私をふーちゃんと呼ぶようになった。

そうすると、面白いもので、ただ年下の女の子というだけでなくて、なにか事情があって東京に出てきた遠縁の女の子を、二人が面倒を見ている、といった雰囲気がただよい始める。実際、お母さんに「ふーちゃん、これちょっと持っててくれる?」なんて言われると、ふっと、母に言われているような気がしてしまうことがある。しかも、実際に母に言われたときより、はるかにいそいそと体が動く。この新しい〝身内扱い〟は、とても心地よいものだった。

車中のおしゃべりは、たとえば、たかゆきさんがお母さんに、こんなふうに話しかけて始まったりする。

「中村さんがうまく段取りをつけてくれてね、例の関連事業立ち上げの件は、株式譲渡の件とセットにして、来月の役員会で取り上げてくれることになった」

「あら、それはよかったこと」

「今日はその件で、役員たちと昼メシを喰うことになってる」

と、これだけでは、新入りの「ふーちゃん」には何が何だか解らないのであるが、たかゆきさんは、ちゃんとそれを（兄貴分らしく）解説してくれるのである。

「中村さんていうのは、真岡製薬の今の社長なんだけど、若い頃から優秀でね。父がずっと目をかけてきた人なんだ。父はいわゆる同族経営式のやり方には反対で、その時々の一番優秀で見識の高い人間が事業をとりしきるべきだっていうのが持論だった。だから、真岡製薬の筆頭株主だったんだけど、前々から、持ち株を全部会社に遺贈するっていう遺言状を作ってた。それで今度、全株を会社に譲渡ってことになったわけなんだ」

「あらァ。それじゃあお二人には一文も？」

私があんまり心配そうな声を出したので、二人とも声を上げて笑った。

「いや、まだ他にも多少遺してくれたものがあるからね。路頭に迷う心配はないから大丈夫」

考えてみれば当然のことである。お母さんとたかゆきさんがベンツに乗って路頭に迷っているところを想像したら、私もおかしくなって、いっしょに笑ってしまった。

「ただそのかわり、条件の一つとして、新しい関連事業を立ち上げる計画を、去年から父と中村さんとの三人で話してたね。今日はいわば、その根廻しの昼食会ってわけなのさ」

そうか、「とびっきりの笑顔」君は、ただ礼儀正しく性格の良いジェントルマンなだけではない。頼もしいビジネスマンでもあるのだ。あの初仕事の日の印象は、そのまんま彼の地だったんだ——なんだか日毎に、たかゆきさんの株が上がってゆく感じがする。

となると、その「新事業」っていったいどんな事業なのか、と好奇心がわいてくる。それについての話は、彼とお母さんとのこんな会話に始まった。

「今日は太田先輩に会いに行ってくる。病院の方も見学させてもらえることになった」

「それは何より。現場を見せてもらうのが一番だわ」

「そうなんだ。太田さんも『うちの職員たちの表情をよく見てやってね。これが意外と大事なんだよ』って言ってた。そういうのは直接に見学しないとね」

興味津々で耳をそばだてていると、すぐ、いつものように解説してくれた。

「太田さんてのは僕の尊敬してる医学部の先輩でね、だいぶ以前から、新しいタイプの老人病院を経営してる」

「新しいタイプの老人病院？」

「そう。今でこそ、それほど珍しくはなくなったけど、一言で言えば老人ホームをかねた病院、だな。ふつうの老人ホームでは、病気になると、そこを出て病院に入らなくちゃならない。で、病気が治ると、こんどは病院を出なくちゃならない。この行ったり来たりは、当人にとっても家族にとっても、すごく消耗になる」

「ああ、それはホント！　（これは実感である）もし両方を兼ねているところがあれば、理想的よね！」

「その通り。宣伝文句風に言えば、老人ホームの快適さと病院の安心をかねそなえた老人病院、てことになるね」

「すばらしいじゃない！」と言ってから、あらためて気がついた。「でも、それって半端じゃない人手と設備が必要ね」

「そうなんだ。太田先輩のところは在院の患者さんの総数より職員の総数の方が多い」

「うわ。じゃ、入院費お高い？」

「かなりお高い。それでも、もうけ仕事には全然ならないって先輩は言ってたな。ただ、人生の最終ステージをできるかぎり安心かつ快適にすごすためにはそのくらいは出せるし、出したいっていう人間はかなりいる——それにこたえられる病院が、これまでは少なすぎたんだ」

　こういう話をしているとき、たかゆきさんはいかにも活き活きとして、自分のなすべき仕事をみつけた人間の活力をみなぎらせている（そして、そういう時には、私も、隣に座っていて少しもビクつかずにすむのである）。そうか……中村さんと言い、太田先輩と言い、たかゆきさんは良い人達に囲まれているのだなァ、と思って、はっと気が付いた。

「太田先輩は医学部の先輩——ということは、たかゆきさんも医学部……。たかゆきさん、お医者さまなの?!」

「いや、なりそこねた」

「なんと！」

「それについてはね、聞くも涙、語るも涙の屈辱談がある——あ、もう病院だね。じゃ、それはあさってのお楽しみ」そう言って、たかゆきさんは車を病院の入口にとめたのだった。

いったい「聞くも涙、語るも涙の屈辱談」って、どんな話なんだろう？

二日後、車が病院にむけて走り出すやいなや、さっそくに催促すると、

「よーし、それでは語って進ぜよう」と、たかゆきさんは話し始めた。

「高校時代、ボクはほんとにミーハーでね。心臓外科医ってものにあこがれて、猛勉強して医学部に入った」

「えらーい！」

「医学部に入っても、一年、二年はもっぱら基礎の勉強。三年になってようやく本格的な実習が始まる。なかでも待ち遠しかったのが手術見学の実習。これは、少人数ずつに分かれて、学生たちも手術着を着用。手の消毒から何から、完全に執刀医たちと同じ準備をした上で、邪魔にならないところから見学させてもらうというわけなんだ。

その時はアッペ、いわゆる盲腸の手術で、内臓の手術としては一番かんたんな部類に入るんだけど、なんと言ったって、生身の患者さんの本物の手術だからね。前の晩は、もうワクワクしちゃってなかなか寝つけなかった。

手術室に入ると、さすがにピリッとした雰囲気でね、身の引きしまる思いがした。患者さんの麻酔がかかって、腹部の消毒完了。いよいよ執刀医がメスを入れると、すーっと赤い線ができて、そこから切り進む。まわりから血が出てくるのを、そのつど助手が手際よ

くぬぐい取る。血がたまってると患部が見えづらくて手術しにくいからね。なるほどなるほど、こういう呼吸《いき》の合ったチーム・プレーが大切なんだな、なんて心中うなずきながら、血のわき出てくるのをじっと見つめてた。

ただ、気になったのは、やたらと照明が暗いんだ。手術室の照明がこんなに暗くてどうする。ダメじゃないか、なんて思ってると、いきなり、担当の山田先生が、低い声で鋭く『マオカ君！』て叫んだ。『しゃがんで！　頭を下げて！』

「あ、脳貧血？」

「その通り。言われた通りにしゃがみ込んで頭を低くしながら、ああ、ボクの人生、これで終わったな、と思ってた」

「どして？」

「つまり、本人の意志にかかわりなく、血を見て脳貧血おこしちゃう人間ていうのが、ごくまれに居るんだけど、そういう人間は外科医になるわけにはいかない。ことに心臓手術は、血の海をかき分けてのオペだからね。手術の最中に執刀医が血を見て脳貧血おこしてしゃがみ込んじゃったりしたら、これはマズイ」

「たしかに、それはマズイ」

「もちろん、神経内科や耳鼻科に行けば、血を見る仕事はめったにないわけなんだけど、当時のボクにとっては、心臓外科医になれなかったら医学部に入った意味がなかったから、じいっと手術室の隅にうずくまったまんま、文字通り立ち上がれなかった」

「……なんたること……」

「お、もう病院だ。つづきは次回にね」


こんな話を聞くことになろうとは、思ってもみなかった。いつもおっとり悠然として、暗いかげなど微塵も感じさせないたかゆきさんに、こんな挫折の体験があったとは驚きである。ただ、それをこんなふうに(ほとんど面白おかしく)「聞くも涙、語るも涙の屈辱談」として語れるということは、この挫折を立派にのりこえられたからに違いない。でも、どんなふうにして?


「ぼくたちの担当の山田教授は、実にいい先生でね」——その二日後、車が走り始めるとすぐに彼は話し始めた。

「厳しい先生なんだけど、一人ひとりのことをよく見ていて、親身になって考えてくれる。あの屈辱の日から数日たって、先生に呼ばれてね、あー、ついに死刑宣告かって気分で、悄然として研究室の扉を開けた。そしたら、先生やけにご機嫌なんだ。

『マオカ君、グッド・ニュースがある』ってさ。

いまの僕にグッド・ニュースなんてありえないと思ってたから、冴えない顔で『ハァ』とか答えると、先生はそれには知らん顔で、グッド・ニュースの中身を教えてくれた。

『来年度からわれわれの大学にも医療研究者育成のコースが認められることになった。これからの医学部は、ただ患者を診察して治すだけじゃなくて、遺伝子研究その他、最先端の科学研究を自前ですすめていける部局をもたなくちゃいけない――これは我々の前々からの悲願でね、それがようやくスタートすることになったんだ。このコースは、まずはよりすぐりの少人数からスタートする。

どうだね、マオカ君、チャレンジしてみる気はないかい？　君は一年、二年の学科成績も優秀だし、充分にその資格はあると考えてるんだが』

『い、いま初めてうかがったんで……』

『もちろん、いま即答する必要はない。ゆっくり考えておいてくれたまえ。ただ、一つ確実に言えることがある。これはまさに、これからの医学の最前線をになう仕事になってゆくってことだ』」

たかゆきさんは一寸照れ笑いしてつづけた。

「いやあ、あのシメの一言は効いたナ。山田先生はボクのミーハーぶりを見抜いてたから、今はしょげてても、絶対、このエサにとびつく、と確信してたと思う。現に、その日、家に帰る頃には、落ちこぼれ転じて、医学部の最先端エリート・コースで胸を張ってる気分になってたもんね。おやじも喜んでたな。製薬会社をやってると、『薬』という概念自体が変わってきたのがわかる、とよく言ってた。その最先端にかかわるようなところで息子が研究者になる、というのは嬉しかったと思う。まあ、心臓外科医になると言いだしたのを反対されたわけじゃあなかったけどね」

「ほんとによかったですねェ。災い転じて福となす、ですね」

「まあ、かなりの猛勉強は必要になったけどね。目標がハッキリしてたから、全然苦にならなかった」

「えらいなあ、ホントにえらい」

「いやいや、ただノセられやすい人間てだけさ」とたかゆきさんは照れて謙遜してみせたけれど、私はまじりけなしの賞讃の目で、彼の横顔を見つめた。

およそ自慢話らしいものを自分からする人ではない。これも、たまたま思いがけなくとび出した話である。でも、これはたかゆきさんがいちばん私に聞かせたかった話なのじゃないか、という気がした。ただ面白い失敗談を聞かせて楽しませようというのではなくて、〝僕のことをふーちゃんにほんとによく知ってもらいたい〟という気持ちがはっきりと伝わってくる。なにか極上のプレゼントをもらった気分である。

しかし、家に帰ってから、ふとおもった。彼がその少数精鋭のエリート・コースに合格したことは間違いないはずだし、先日、もうじき日本にやって来るという話の出た「グレちゃん」は、ワシントンの研究所の仲間だと言っていたから、彼が優秀な成績をおさめて、そこに就職したことも間違いない。だとすると、彼は今ここで何をしようとしてるのか？科学者にとって、三十代というのはまさに脂ののり切った活躍の時期のはずなのに、こんなに長いこと研究所をはなれていて大丈夫なんだろうか？

それに、こないだあれほど熱心に活き活きと話してくれた「新事業」の話は、どう見ても、直接に最先端の医学研究と関連していそうには思われない。

いったい何があったのか？　なにか、あちらの研究所に居られなくなるような出来事でもあったんだろうか？

考え始めると、疑問は次々にわいてくるのである。

ふつう、こういう時には、（あの、最初に白髪が消えたときのように）大いそぎでパソコンにむかって、いろいろと検索しはじめるのであるが、今回はなぜか、それをする気になれない。そんなことをするのは、あの〝極上のプレゼント〟にケチをつけるような気がしてイヤだ、というのが本当のところである。誰もが検索して見られる「情報」などというものをそこにもち込んだりしたら、それはもう〝ふーちゃんへの特別プレゼント〟でなくなってしまいそうな気がするのである。

しかしそれにしても、ミサコさんはいったい何をしておるのか？

（こんな疑問がうかんでくるとき、私はたいてい小姑根性モードになっている）

ふつう、お姑さんが骨を折って、週に三回リハビリ通院しなければならない、などということになれば、これはお嫁さんの出番であろうが。しかも、せっかく葬式のために帰国したところである。もう少し滞在をのばして、病院のつきそいを引き受けるのが筋というものではあるまいか。

そんなふうに小言を言いたくなる一方で、あるいはひょっとすると、ミサコさんは外国でなにか要職についていて、日本で通院つきそいサービスなどしているヒマはない、ということなのかもしれない、とも思う。するとたちまち、すらりとした長身にアルマーニのスーツをまとって、ハイヒールをカツカツと響かせながらオフィスを闊歩する、女性重役《CEO》のミサコさんが目にうかんできて、小姑根性はどこへやら、ちょっぴり憧れに似た想像がはばたいたりもしてしまうのである。

いずれにしても、車中のおしゃべりのうちに、ミサコさんのことはまったく出てこない。もちろん、私の方から尋ねることもしない。

だんだんに解ってきたことなのだけれども、この親子は実に話題が豊富でぽんぽん話がはずむのだけれど、他人の悪口というものがついぞ出てこない。また、冗談にして笑いとばすことができないような、本物のグチを聞くこともない。多分、話し始めればグチか悪口になってしまうような話題は、最初からもち出さないのが礼儀だ、という心得が身についているのだと思う。だとすれば尚のこと、ミサコさんのことを尋ねるわけにはいかないのである。

そろそろ桜のつぼみがふくらみかけた頃、アメリカから「グレちゃん」がやってきた。「グレちゃんてのは、ワシントンの研究所の同僚でね。日本びいきの、実にいい奴なんだ。我が家の和室がすっかりお気に入りになっちゃって、来るたんびに定宿にしてる」しばらく前に、たかゆきさんがそんなふうに説明していた、その「グレちゃん」である。

われわれの車が真岡邸の門を入ってゆくと、車寄せのところに白人の大男が立っていた。つんつるてんの和服を着せて、犬を連れさせたら、そのまんま上野の西郷さんになる、といった風貌である。

「あ、グレだ。早かったな」

車をとめて外に出ると、たかゆきさんはグレちゃんに歩み寄った。二人はいかにも永年の友人らしく、互いに肩を抱いて、ぽんぽんとたたき合っている。なんだか映画の一シーンみたいな情景である。

いまでは杖一本で危なげなく歩けるようになっているお母さんも、グレちゃんの方に歩いていって、「ようこそ」と手を握る。大男のグレちゃんが小柄なお母さんの方にかがみ込むと、まるで最敬礼しているみたいである。また実際、最大級の敬意が、その全身からにじみ出ている。

「こちらがフミコさん」とたかゆきさんが紹介すると、グレちゃんが、同じくらいに深くかがみ込んで、「はじめまして、グレッグ・ノーマンです。どうぞよろしく」と言って握手した。日本びいきと言うだけあって、なかなかきれいな日本語である。

せっかく日本語で挨拶してくれているので、こちらも日本語で「はじめまして、タケウチフミコと申します」と挨拶する。でも、ちょっとイタズラ心が出て、あとは英語でつけ加えた。

「たぶん、どこへ行っても、ゴルフのハンデはいくつだって聞かれるんでしょうね？」

グレちゃんはガハハハハと大口をあけて笑い、もう一度かがみ込んで、こっそりと秘密をうちあける口調で答えた。

「だから私はゴルフはしないことに決めてるんです」

意外なことにたかゆきさんは、私たちが笑い合っている間じゅう、にこりともしないでつまらなそうな顔をしていた。そして、まるで大急ぎで私を厄介ばらいするみたいに「じゃ、フミコさん、またあさって」と言ってグレッグを連れて家に入っていってしまったのだった。


あれはなんだか、こっちは子供の来るところじゃありません。向こうに行ってあそんどいで、と追っぱらうみたいな感じだったなあ、と帰る道すがら、思った。それに、たかゆきさんがあんなふうに露骨に不興げな顔をするのは、これまで見たことがない。なにか私がまずいことを言ってしまったんだろうか？　ひょっとして、ゴルフ選手のグレッグ・ノーマンが大嫌いだとか。まさか、グレちゃんに妬いていた？――いやいや、それはありえない。何にしても、なにか失礼なことをしてしまったのでなければいいけれど……。と心配していたら、何のことはなかった。グレちゃんがあわただしく滞在を終えて帰っていった週明け、たかゆきさんはいつもと変わらず、屈託なく上機嫌だった。

ただ、何かが変わった。微妙に変わった……。

それはまるで、車のなかに、目に見えない小さな泡がぷちぷちとはじけて、人の心を誘い出す、とでもいった感じなのである。そして、自分でも気づかぬうちに、そのはじける泡を、私は吸い込んでしまっていたらしい……。


ちょうど桜が見頃になった或る朝、ふいと出来心にさそわれた気分で、車が走り出したとたん、私は思い切り高慢ちきな作り声でたかゆきさんに話しかけた。

「運転手さん」

「なんでございましょうか、お嬢さま」

彼がうやうやしく応じる。

「今日はお天気がよくて、桜も満開だわ。わたし、きれいなお花が見たいの」

「かしこまりました。それでは、ちょっと廻り道をして、『桜トンネル』をくぐってまいりましょう」

「桜トンネル」という名は聞いたこともなかったが、そこへ行って、なるほどと思った。道の両側から枝をのばした桜が見事に咲きこぼれ、朝日にあたって、この世のものならぬ美しいアーチをなしている。ふつう、トンネルの中に入ると暗くなるのに、このトンネルは、それ自体がぽう、と光を発しているごとくなのである。後続車両のないことをたしかめつつ、車はその桜色の光のトンネルをゆっくりとくぐってゆく。くぐり終わってようやく、お母さんも私も、声が出せるようになって、「ああ、きれい」とため息をついた。

車が環八に近付いたところで、信号が赤になり、「運転手さん」はこちらに顔を向けた。

「お嬢さまは、美しいものを見るのがお好きでいらっしゃる」

「ええ、大好き」

「ワタクシも」と言って、彼の視線がぴたりと私の視線をとらえる。

「好きです」

その二つの言葉の間に、少し長い切れ間があったので、「好きです」の一言が、まるでそれだけ独立して語られたような塩梅になった。信号が青に変わるまでのわずかな瞬間、その一言をあいだにはさんで、私達はじっと見つめ合った。あの最初に出会ったときの感覚が、生々しく甦ってくる。

車が環八から世田谷通りに入っても、まだ口がきけなかった。

見事に自分から罠にはまってしまった、という思いがある。でも、それがイヤだというのではない。それどころか、このアルバイトを引き受けたときから、心の底で待ちのぞんでいたのは、これだったのだ、という気さえしている……。

気がつかない内に、病院の入口に着いていた。たかゆきさんが、催眠術師が催眠をとくような口調で明るく声をかける。

「さァ、着いたヨ！」

はっと我に返って車を降り、後部座席の扉を開けた。今では「お母さん」はほとんど手助けなしに車から降りて立つ。私は、扉を閉める前に、いつものように首を差し入れて声をかけた。

「いってらっしゃい！　お気をつけて」

彼が、笑顔でふり返って、片手をあげる。

いつも繰り返してきたその儀式が、今日はちがったニュアンスを帯びているように感じられる。なんだかまるで、会社に向かう夫を新妻が送り出すところみたい——そう思った瞬間、顔が赤らんだ。

お母さんは、ちらっと私の方を見たけれど、思いやり深く、何も言わずに待ってくれていた。


五月も半ばになると、「お母さん」のリハビリはいよいよ最終段階に突入した。リハビリ室の奥にあって、最初の頃は、いったいあんな難関、いつ挑戦できるのだろう、と思えていた数段の階段を、いまや「お母さん」は手すりにもさわらず登り降りしている。主治医の先生からも、もうそろそろ週三回のリハビリ通院は卒業、という予告が出た。「お年を考えると驚異的なスピード回復です」という先生の言葉に、誇らしい気持ちがわきのぼってくる。

実際、リハビリ室でさまざまのリハビリ運動にはげむ患者さんたちのなかでも、お母さんほど生き生きと明るくリハビリに取り組んでいる患者さんは珍しい。驚異の回復も当然、と言えるのである。

誇らしく嬉しい「卒業」予告ではあるけれど、それは寂しい予告でもある。すっかり「身内」の気分でつきそいアルバイトをしてきたので、それが終わってしまうのは、なにかまた、ふたたび天涯孤独の孤児になるような気さえしてくる。

でも一方で、ちょうど別れどきなのかな、という気もする。あの〈花見ドライヴ〉の寸劇のあと、たかゆきさんはまるでケロリとして、いつも通りの兄貴面にもどっているのだけれど、あの「好きです」の一言と眼差しには、おふざけの寸劇という枠を切り裂いて、直接こちらにつきささってくるものがあった。自らのイタズラ心が招いたこととは言え、ここはもう退却すべき頃合いだ、と思う……。

とうとう最後の日がやってきた。

「お母さん」は、免許皆伝を受けて晴々とした顔で、私をねぎらってくれた。

「ほんとに、ふーちゃんのおかげよ。ありがとう」

「とんでもないです。私の方こそ、ご一緒できて、楽しかったです」

このところ忙しいたかゆきさんも、今日は、なんとかやりくりをつけて帰りの運転に来てくれるという。少し遅れるかもしれない、という連絡が入ったので、私達は植え込み前のベンチに座って、のんびりと陽をあびていた。

「あのう、わたし不思議に思ってたんですけど、お母さまはどうしてこんなに明るく朗らかでいらっしゃれるんだろうって。その……」ご主人様が亡くなって日も浅いのに、とつけ加えようとして、これはすごく失礼にあたるかもしれないと、途中で止めた。

「主人が亡くなっていくらも経ってないのに、どうしてこんなにアッケラカンとしてるんだろうって」とお母さんがつづきを引きとって、笑いながら言う。「誰でも不思議に思うわよね。よっぽど鈍感なのか、よっぽど冷たいのか、どっちなんだろうって」

それからふっと真面目な顔になって、遠くを見つめながら、お母さんは話し始めた。

「私自身、とても不思議だったの。ここ何年か主人は病気がちだったから、入院のたびに、今度は助からないんじゃないか、と思って、気が気じゃなかった。主人が死んだら、世界はまっくらになるだろう。自分は生きていく甲斐もなにもなくなるだろう――そんなふうに思ってたの。そしたら全然違ってた。

たしかに、病院からの電話があったときは、体中の空気が抜けたような気分だった。あのときふーちゃんが手をにぎってくれてたのが、ほんとに文字通りの命綱だったわ」、と、お母さんは私の方をむいてにっこりとした。

「ところが、二、三日してふっと気がついたの。主人は確かに死んでるんだけど、居なくなっていない、いない、いない——とっても奇妙な感じなのよ。なにか綺麗なものを見るでしょ、こないだの桜トンネルとか。そんな時、主人が一緒に見てくれているの。おいしいものを食べてるとき、リハビリがうまくいったとき、いつも一緒にいてくれる。そればかりじゃなくて、四六時中、すっぽり主人にくるまれて生きているって感じなの。こんな幸せな気分ですごすことになるなんて、夢にも思わなかった……」

「すばらしいですね……。でも不思議です」

「ほんとに不思議なことよね。しかも、これって私ひとりじゃないのよ。友達に話してみると、あ、私もそう、って人がけっこういるの。それが皆、とっても夫婦仲のよかった人ばかりなのよ」

「私も、そんな結婚がしたかったです」

「できますとも。ふーちゃんなら、きっとそういう結婚ができますよ」

「はい」と答えた瞬間、不覚にも涙がわき上がってきてしまった。自分はそういう幸せをのがしてしまったのだ、と思ったからではない。本当に自分が二十五歳の未婚女性になって、あたたかく励まされているような気持ちになってしまったのである。

その時、病院の敷地内に、見なれた銀色のベンツが入ってきて、私たちはベンチから立ち上がった。


帰りの車中は、珍しくしんとしていて、うっかり何か言おうとすると涙声になってしまいそうな私には、それがむしろ有難かった。

車が成城町内に入ったあたりで、たかゆきさんがさりげない調子で尋ねた。

「ふーちゃんは、フランス料理は好き?」

「はい、大好きです!」(これは、おあいその返事なんかではなくて、本当に大好きなのである。若い頃『マリーおばさんのフランス家庭料理』なんていう本が出ていて、せっせとそのレシピー通りの料理を作って、父や母に喜ばれたものである)

「そうか、それはよかった。美味しいフランス料理を食べさせる店があってね。今回のお礼に、つれてってあげよう」

「嬉しい!」(現金なもので、涙は完全にひっこんでしまった)「でも、私の方こそ、毎週過分にいただいてきたから、お礼をしなくちゃ——そうだ、ワリカンにしましょう！」

「まァ、そういうわけにもいかんだろうけどね」とたかゆきさんはちょっと可笑しそうな声を出した。

「来週の週末はあいてる？」

「はい、あいてます」

「じゃ、来週土曜日、四時頃にむかえに行くから」

かくして、私の通院つきそいサービスのアルバイトは終わった。

お別れは寂しいけれど、最後にまた三人で会えるわけだし、お母さんも、これからはお散歩が大切なリハビリになるから、また時々つき合ってね、と言ってくださった。

「もちろんです！　楽しいお散歩をいたしましょう！」と元気よく約束して、私は真岡邸を辞したのであった。

㈥　本物のデート

土曜日の午後、私はほんとに久しぶりでお化粧――とまでは言えないけれど、化粧らしきもの――をしていた。例の異変に見舞われてからというもの、いっぺんも化粧をしたことがない。それ以前も、めったに化粧などしないのだけれど、たまに同窓会や、出版社主催の原作者来日歓迎パーティの時などには、ただもっぱら礼儀上、化粧をして出かけていた。〈二十五歳の女性〉になってしまってからは、そんな機会も避けるようになり、また実際、シミシワかくしの必要もなくなって、化粧とは無縁のままできたのである。週三回の通院つきそいアルバイトも、もちろん化粧せずに出かけた。これは単に、そんな必要のない仕事だから、という以上に、どこか、断固化粧などするものか、といった力みもあった気がする。

でも、今日は言ってみれば卒業式の謝恩会みたいなものである。最後の夕食会くらいは、ちょっぴり実用本意からはみ出てもよかろう――久しぶりにペンシル型のアイライナーとコーラル・ピンクの口紅を買ったのも、そんな気分からであった。

実用本位からはみ出た服となれば、そうだ、あの同窓会に着てゆきそこねたアンサンブルがある。上質の麻の生成りのレース地でできたアンサンブルは、あまり流行に関係なさそうだから、三年前のでも構うまい。

おめかし、しちゃって、と頭のどこかであざ笑う声がするのを、しっ、しっと追いはらう。たかゆきさんが「美味しいフランス料理を食べさせる店」と言うからには、それなりの格式のあるお店に違いない。ならばスッピンで行くというわけにもゆくまいよ、と自らに言い訳しながら、アイラインを引き、口紅をつける。

約束の四時を一、二分すぎた頃、家の前に車の音がして止まった。門のチャイムが鳴る。ハンドバッグを手に取って、外に出てゆくと、たかゆきさんがゆったりと門の扉に両腕をのせて待っている。なんだか、70年代にはやった、わたせせいぞうのイラストがそのまま再現されたという趣である。

「キレイだ」

身をおこしながら、笑顔を輝かせて彼が言う。ああ、この人の笑顔は、やっぱりほんとに「とびっきり」だなァ、とつくづく思う。

外にとまっている車は、いつも見なれたあのベンツではなくて、背の低いツー・ドア・タイプのスポーツ・カーだった。後部座席には誰も乗っていない。と言うより、そもそもこういう車は後部座席に人が乗るようには設計されていないのである。あれ？　と思う。てっきり三人の夕食会だとばかり思っていたのに……。

たかゆきさんは、まるであの「運転手さん」ごっこの続きのように、うやうやしく助手席のドアをあけてくれる。すっぽりと体が沈み込むようなシートに身をおさめると、最初言おうとしていた、「お母さまは？」のかわりに、思わず実感が口から出てしまった。

「なんだかまるで、本物のデートみたい」

「本物のデートですよ」

運転席のドアを閉め、車を発進させながら、なかば冷やかすように、でも半分まじめな声音をひびかせて、たかゆきさんが答える。

「でも、奥さんのいる人は、本物のデートなんかしちゃいけないのよ」

「いや、僕はもう『奥さんのいる人』じゃない」

「ええっ?!」

「この間グレが来て、ミサコが署名した離婚届をもって来てくれた。週明けすぐに区役所に出して、離婚が成立した。もう『奥さんのいる人』じゃないんだよ」

「そんな……」

なんだかいきなり、安全ネットを取りはずされてしまった気がする。

これまで平気でたかゆきさんの隣の席に座って、身内顔で冗談を言い合ったり、それどころか、ちょっと危なっかしい「寸劇」を楽しんだりすることさえできたのは、ミサコさんという安全ネットがあったからだったのだ。その安全ネットが取りはずされてみると、もう、どんな顔をしてたかゆきさんを見たらいいのか解らなくて、ただまっすぐ前の道路を見つめていた。

「他人《ひと》の離婚話なんて、およそ面白くもなんともない話だし、興味ナイって言われちゃうかもしれない。でも、きみにだけは話しておきたいんだ。

実は……あんまり突拍子もない話なんで、信じてもらえるかどうか自信がないんだけど……」

「話してみて」――そう言いながら、すでにかすかな予感が心のどこかに芽生えている。

「いきなり妙なこと聞くけど、いったい僕はいくつだと思う？」

「はじめて会ったときは、はたちそこそこに見えたの。でも、医学部を卒業して研究所に就職してる人がはたちってことはありえないし、お母さまのお年を考えても、ちょっとはなれすぎてる。たぶん、もしかすると三十代なかばくらいかな、と思ってるところ」

「母が四十代になってからできた子供って計算？」

「そう」

「ところが、僕は母がはたちの時の子供なんだ。で、母は若く見えるけど、今年で八十七歳」

ということは、彼自身はいま六十七歳ということになる。驚くより先に、やっぱりそうだったのか、の思いが強い。

せっかく最先端の医療研究専門コースに入って、ワシントンの研究所に就職したばかりの人が、なんで日本に帰ってきて老人病院の事業を始めようというのか――あの疑問の答えがこれだったのだ。そもそもミーハーな高校生が心臓外科医になりたがるとしたら、それは、世界で初めて心臓移植が成功した一九六〇年代のことのはず。あの余裕たっぷりの「屈辱談」の語り口も、半世紀近く前のことだからこそ可能になったのに違いない。すべての疑問が全部ひとつながりになって解けた気がする……。

「いつから始まったの？」同病者意識で、思わずそう尋ねてしまう。

「え？」と意表をつかれたようにとまどってから、頭の中で指折り数える、といった具合にして返事が返ってきた。

「三年くらい前……からだな」（あ、私と同じ）

「どんなふうに？」

「まず髪が黒くなった」（ああやっぱり）

「でも、これが困りもんでね、しばらくはグレーに染めてた」

「へえー、どうして？」

「僕が所長をしてた研究所は、基本的には老化のメカニズムの研究が柱なんだけど、いわゆる『アンチ・エイジング』なる標語は一切使わせなかった」

「自然の成りゆきに逆らって若さにしがみつこうなんて見苦しい……」

「ということもあるし、それ以上に、あれは人体の仕組みに無知な人間が作り出した標語だと僕は思ってる。もともと人間の体ってものは、細胞レヴェルでの驚異的復原力をもっていて、それを日々発揮して生きている。その復原力が何らかの形で妨げられると、腎不全だとかいろんな病気になる。そして、その復原力がじわじわ弱くなっていくのが『老化』なんだ。だからこそ、老化のメカニズムの研究が病気治療の研究にもつながる。『アンチ・エイジング』と言っちゃうと、そういうつながりが全然見えなくなって、ただ単に、若さにしがみつきたい金持ちのじいさん、ばあさん目あての金もうけ仕事に傾いていく……。人間として目指すべきはなだらかな老化であって、老化に敵対することじゃない——ということを日々説教してる所長自身が、いきなり髪がふさふさ黒々になるってのは、すごくマズイわけだ」

「でも、髪だけじゃすまないでしょ」

「その通り。まァ、白人のなかに入ると東洋人は若く見られるから、多少目立たないってことはあるけど、それも程度問題でね。仕方ないからダテ眼鏡かけてた。うんとジイサンくさいやつ」

「まるでスパイ映画ね」

「いや、ほんと、そんな気分だったな。それでも、グレの奴はすぐに気が付いた」

「ああ、あの西郷どん」

「西郷どん？」

「つんつるてんの和服着せて犬連れてたら、上野の西郷さんそのまんま」

「ほんとだ！」とたかゆきさんは笑った。

「その西郷どんが、或る日、目ん玉むいて、深刻な顔で、話があるって言うんだよ。『おい、タッカー、お前、自分のしてることがわかってるのか？』って言うのさ。『お前がここひと月、尋常じゃなく若返ってるのを、俺が気付いてないとでも思ってるのか？』

実際、言っちゃなんだけど、インチキ研究所で研究者本人が広告塔になって、我々は若返りホルモン見つけました、なんて宣伝してるようなところがたまにある。そういうのを一番こっぴどく批判してきたのが僕で、グレも完全に同意見だったたから、二重に裏切られた気持ちだったろうな。

そこで、彼には全部話した。とにかく、全くわけもわからず始まったこと。始まってすぐ、そういう原因になりそうなホルモンや薬品がいま研究所内で扱われているかどうか全部チェックしたこと。

『まァ、お前がそういうことをする奴じゃないことはよく解ってる。ただ……ひょっとして、ミサコを喜ばせようとか……』

『バイアグラのかわりにか？　おいおい、こんなところで冗談はなしだぜ』

えーと、つまり……」

と言って彼は照れくさそうな顔をした。

「男性の場合、まず真っ先に年齢がひびいてくるのが男性機能なんだ。逆に、若返って早速よみがえるのも……というわけなのさ」

「じゃ、奥様は喜ばれた？」

「はじめの内はね」

その時ちょうど、車が多摩川べりに着いて、たかゆきさんは車を道路の少し広くなったところのはしに停めた。春の夕方の光が川面に映えて美しい。てっきり都心にむかうものとばかり思っていたので、ちょっと意外だったけれど、ほんとに美味しいフランス料理店は、かえってこういう所の先にあるのかもしれない。

「まだ予約した時間までだいぶ間がある。ちょっと降りようか」

降り立つと、川を吹きわたってくる風が心地よい。

「結局、グレの奴は全面的に僕のことを信頼してくれた。とにかく一度、徹底的に遺伝子解析をしてみようということになって、二人で慎重に解析してみたけれど、特殊な遺伝子も血液中のホルモンも、なんにも見つからなかった。テロメアの長さも、多少長めという程度だった。『どうやらお前は病気の種になりそうな遺伝子はなんにももってないらしいけど、ただそれだけだな』

というのが結論だった」

「おてんと様の特別プレゼント」

「うーん、とっても有難迷惑なプレゼント――むしろ、僕にとっては、いたずら好きの神様にとんでもないいたずらをされたってところだな。

所内であれこれ言われる先に公表した方がいいと判断したんで、所員全員を集めて、今回の出来事の話をした。遺伝子解析や血中ホルモン検査の結果もすべて公表した。特に文句は出なかったけど、科学者ってものは説明のつかない現象を嫌うからね。もやもやしたものが残ったのは間違いない。ああ、神様のイタズラか、で済ませるわけにはいかない――それは、実は僕自身にとってもそうなんだ……。

それと、絶対に外に宣伝しないように、という箝口令もしいた。個人のフェイスブックなんかにも絶対のせないように——どこまで守られるか疑問だったけど、意外にみんな守ってくれた。ただ、なかには、勿体ない。せっかく良い広告塔になれるのに、という声もあったらしい——僕が研究所をやめようという気になったのも、それを知ったのがきっかけだったかもしれないな」

川面を眺めるたかゆきさんの横顔が、キリッといかめしく見えた。ちょっぴり頑固で、曲がったことの嫌いな所長さん——それは、あの「とびっきりの笑顔」君の将来（じゃない、過去）にとてもふさわしいような気がした。でも、ミサコさんはどうだったんだろう？

「ミサコさんは？」

「うん、ミサコは全面的に僕を支えてくれた。あなたは何一つ恥じることがないんだから、胸を張ってればいいじゃないのっていうのが彼女の基本姿勢でね。家ではミサコ、研究所ではグレが支えてくれたから、その後の二年半をなんとかやっていけたって言ってもいいな」

ならば、そんな良い奥さんと、どうして離婚することになったのか？——まるで私が声にだしてそう尋ねたのに答えるかのように、たかゆきさんが言った。

「だったら、どうして離婚なんかしたのか、わけがわからん、と思うよね。少し長々しい話になるけど、聞いてくれる？」

「もちろん」

私たちは川の方にむかってゆっくり歩き始めた。

「ミサコとはアメリカに行ってから知り合った。彼女は日本大使館の手伝いをしてて、僕のつとめる研究所はワシントン郊外にあったから、自然と顔を合わせることが多くなって、つき合うようになった」

「どんな方？」

「天真爛漫、て言葉がぴったりだったな。もう三十をこえてて、大使館の仕事もしっかりこなしてるんだけど、どこか天真爛漫で、昨日《きのう》生まれたばっかりの目で世界を見てる、ってところがある。そんなとこが、ちょっと妹のみさこを思い出させた……」

「妹のみさこさん？」

「そうそう、まだふーちゃんには話してなかったなあ。僕には三歳年下の妹がいてね。生まれたときから体が弱かった。心室中隔欠損症ってやつで、今なら一歳くらいまでに手術をすれば、ほとんどが完全に治る先天性心疾患なんだけど、当時は大人の心臓手術も始まったばかりで、打つ手がなかった。ただそうっと無理をさせないように、風邪をひかせないようにしているほかはなかった」

「あ、それで、心臓外科医を……」

「ま、それもちょっとはあったな……。

体は弱かったけど、庭に出るのが好きでね。トカゲや小さな蛙を見つけちゃあ、夢中になって『おにいちゃん、見て、見て、ほら』なんてさけぶのがかわいくて、しょっちゅうお相手をしてやってた。でも、四歳の誕生日はむかえられなかった……」

「そうだったの」（はじめて聞く話だけど、なぜだか少しも意外な気がしない。そうだったのか、なるほど、と思えるのが不思議である）

「同じ『みさこ』でも、字は違うんだけどね。今にして思うと、どこか重ね合わせてたところがあったかもしれないな……」

たかゆきさんは話をつづけた。

「われわれ二人共、結婚したときだいぶ年がいってたから、すぐにでも子供が欲しかったんだけど、なかなかできなくて、五年目にしてようやくさずかった。男の子だってこともわかった。六カ月すぎになって、もう安心という時期になってから名前を決めた。達彦」

「真岡達彦。いい名前だわ」

「名前を決めると、なんだか急に『家族』になった気がした。家に帰ると、お腹にさわって『タッチャン、ただいま』とかね」

なんだかキューッと胸がしめつけられるのは、たぶん、嫉妬というよりも、この話の先のなりゆきが予感されるからだと思う。達彦君なんて名前、一度も聞いていない……。

川べりの小道をゆっくりと歩きながら、彼がつづける。

「胎盤の位置が少しあぶなっかしいところにあるから、九カ月くらいの少し早めの時期に帝王切開にした方がいいとは言われてた。でも、予想外に早く、八カ月に入ったところでそれが来た」

「胎盤早期剝離？」

「そう。その日たまたまいつもより早く帰ってきたら、ミサコは、ちょっとしんどいからシチュー温めて食べてね、と言ってベッドに入った。これまでそんなことがなかったから、ちょっと気になりながら一人で食べてた。そしたら寝室の方から、なんか呼ぶ声がする。とんで行ってみると、ミサコがトイレの入口にうずくまってて、下半身がみるみる血にそまってった」

「まあ……」

「それにつれてミサコの顔がすうっと白くなっていく。死ぬナ！　死んじゃダメだ！　と心の中で叫びながら、救急車を呼ぼうと、受話器を取っても、手がふるえて番号が押せない。ようやく呼び出せたけど声が出てこない。なんとか住所と患者の症状を伝えて、玄関のロックを開けた」

「よく脳貧血をおこさずにそれだけできたわね！」

「うん。それだけ必死だったんだね。でも、病院でミサコの命は大丈夫、助かったって聞いた瞬間、足の力が抜けてへたり込んじゃった。臨床医ってのはしょっちゅうああした修羅場で仕事してるんだから、偉いなァ、と思ったよ、今更のように。

だけど赤ん坊の方はダメだった。次の妊娠も不可能ではないと言われたけど、結局あきらめた。僕の方が怖がった、とも言えるな。もう一度あの恐怖を味わうのかと思うとね。

その後は毎年、十月二十日になると、それからの年の数だけロウソクをともした。『死児の齢《よわい》を数える』って言うけど、まさにそれさ。時々、いつまでもこんなことしてて、どうかな、と思うこともあったけど、ミサコはけっこう大真面目だった。なにしろ、自分のお腹の中に抱きかかえて、しょっちゅう話しかけながら暮らしてたわけだから、ミサコにとって、達彦はただの名前じゃない。ちゃんと一度はこの世に存在した、わが子そのものだったんだと思う」

それだけは私がついに経験できなかったことだなァ、と思う。たかゆきさんは簡単に「男性機能」が回復したって言ってたけど、女性の方はそうはいかない。もともとの卵の数には限りがあるから、いくら若返っても排卵はない。若い時にはただ煩わしいと思っていたけど、他が若返ってみると、これは唯一、とり返せないものなのだ、としみじみ思う。

「で、あなたが急に若返ったのを、ミサコさんは全然、嫌がってらっしゃらなかった」

「全然。ただ、いちばん最初は、これが何か怖い病気の前ぶれじゃないかって心配してた」（あ、私とおんなじ）「でも、しっかり遺伝子解析して、むしろ病気リスクの遺伝子がまるで無いとわかったら、大いに安心してたな」

「なんだか、聞けば聞くほど離婚話から遠ざかっていく感じなんだけど？」

「そう。去年の十月まではね。十月の終わり頃だったな。なぜか急に……僕にさわられるのを避けるようになった」

「あら……」（それってよくない兆候よね）

「僕が嫌いになって、さわられるのもイヤだ、という感じじゃあない。ときどきふっと、哀しそうな目で僕を見つめてたりする。でも、僕が手を伸ばすと、するっと逃げちゃうんだ。

そんなことが十日もつづいた或る晩、さすがにおかしいぞと思って、となりのベッドに寝てるミサコに声をかけた。

『おい、ミサ公、いったいどうしたんだ？　なんかあったのか？』

それでもシーンとしてる。いやな予感がしてきた。

『ひょっとして、グレとなんかあったのか？』と、もう一度聞いてみた。

グレの奴は、大っぴらには言わないけど、前々からミサコに惚れててね。ミサコの方でも、グレちゃん、グレちゃんって可愛がってた。だからどうにかなるって間柄じゃなかったけど、ここ二年あまり、我々もなにかと彼をたよりにすることが多くなってた。そんな中で、もののはずみってことがあっても不思議じゃない。もしそういう話だったら、グレを一発なぐってやるだけで許してもいい、とも考えてた。でも、ミサコは『チガウ、全然違う！』と言って、しくしく泣き出す。そして、思いもよらない返事がかえってきた。

『あなたがタッチャンに見えて……。それ以来、だめなの。あなたに触ることができないの』」

たかゆきさんは顔を上げて、そろそろたそがれてきた空を見上げた。

「それで思い出したのが、十日ほど前の、達彦の命日――言いかえれば二十五歳の『誕生日』のことだった。

その日、いつもみたいに、達彦の年の数だけロウソクに火をともして、命日・誕生日の夕食を食べていた。といっても、陰気なディナーじゃない。勝手に達彦の好物を決めて、和風トンカツディナーを食べながら、お喋りしてた。ミサコがなんかおかしな冗談を言ったんで、思い切り大口をあけてワッハッハと笑った。そしたら、それを見たミサコが、大きく目を見開いて、一瞬、輝くような笑顔を見せた。なんだか、すばらしい奇跡を目撃したっていう笑顔だった。ところが次の瞬間、涙が湧き出て、笑顔の上をこぼれ落ちた――なんとも奇妙な出来事だったんでよく覚えてる」

「その時からだったのね」

「そうなんだ。その夜、しゃくり上げながら、とぎれとぎれに、こんなふうに話してくれた――『あの時、あ、タッチャンだって思ったの。二十五歳になったタッチャンが、お誕生日の当日に帰ってきてくれた！　楽しそうに笑ってるって――すごく嬉しかった。すぐに、これは幻だってわかったんだけど。でも、その時から、タッチャンの笑顔が、あなたの上に重なって……。あなたと、タッチャンが切り離せなくなって……。あなたに触って欲しいのに……。触れないの。どうしても……』」

「なんてこと……」

「ああ、これはもうダメだなって解った。そんなのはちょっとした錯覚がこびりついただけのことなんだから、精神分析医のところに行ってセラピーを受けよう、なんて言えたらどんなに良いか……。でも、そんな次元の話じゃない。僕自身、じゃお前がほんとに隆之で、達彦じゃないんだって言い切れるかって言われたら、正直、自信がない。こんど写真をみせてあげるけど、いまの僕は二十五歳のときの僕のまんまじゃないんだ。似てるけど、微妙に違う。だからこそミサコも、あんなふうに錯覚した——『錯覚』とも言い切れないんだよ。

それに、頭では錯覚だとわかっていても、僕に抱かれるたびにその錯覚が甦ってきたら——と思うだけで、耐えられない。その感覚は自分のことのようにわかる。

こんな近くにいるのに、手の届かない遠いところに行ってしまった——ミサコを抱き寄せて、大丈夫、大丈夫って背中をなでてやりたいのに、それができない。そっと手をにぎってやることさえできない。ただ、じっと隣に横たわって、暗い天井を見上げているしかないんだ」

まるで、いまもう一度、その暗い天井を見上げているような顔で、たかゆきさんは夕空を見上げた。私もただ黙って、その横顔を見つめていた。

突然、草むらから、タゲリがけたたましくケケケケッと鳴いて飛びたってゆく。ふっと我にかえったようにして、たかゆきさんは言葉をついだ。

「そんなふうに、にっちもさっちもいかなくなってたとき、おふくろが足を折って入院したって知らせがきた。おやじも衰えが目立つようになってきたというんで、研究所の方は副所長のグレにまかせて、ひとまずゆっくり帰国して、この先のことを考えることにした。

一応おふくろの骨折の方もひと安心、というところで、久しぶりに走りに出たら、そこで君に出会った」

たかゆきさんはまっすぐ私の方に向きなおって尋ねた。

「あの時のこと覚えてる？」

「忘れろって言われても忘れられないわ」

「僕もだ。……あれは不思議だったなあ。ただの一目惚れなら、若い頃なんども経験してる。でも、ただの一目惚れじゃない。ひと目見て、これは自分にとってすごく大切な人になるって解った——僕はおよそ霊感とかそういうものに無縁な人間で、合理的な説明のつかないものはいっさい信じない。でも、あの時ばかりは、直観的にわかった、わかったんだ」

私のなかにも、あのときの「どーしよー、どーしよー」という動悸がよみがえってくる。

「すごく嬉しくて、すごく怖かった。妙な言い方だけど、そうとしか言えない。ほとんどパニック状態だった。どうしたらいいか解らなかった」

「それで逃げ出した……」

「うん。走って逃げた。逃げたあとで、ものすごく後悔した。どうして名刺だけでももらっておかなかったか……」

「名刺もってジョギングする人って少ないんじゃない？」

「そうだよね。でもその時は本気でそう思った。次の日もその次も、同じ頃に外に出て待ってたんだけど、君は現れなかった」

「私もちょっと怖かったの……。ようやく勇気をふりしぼって出かけたのが、あの朝だった」

「あの時は、父が倒れて動転してたんだけど、一瞬、それを忘れるくらい嬉しかった。こんな時だからこそ現れてくれたんだ、なんて錯覚がおきたくらいだった。もう、絶対にこの人をのがすまい、と思ったね」

「それで、あの日私の帰り際、呼びとめたのね」

「そう。ここで逃したらおしまいだ、と思ったから、必死だったよ。それに、君がミサコの名前を聞いた瞬間、すっと表情を固くしたのも見てた」（そうか、見られてたか）「たぶん君は真面目な人間で、妻帯者と平気でつき合おうとするようなタイプじゃないと思ったから、慎重の上にも慎重に、と心がけた」

「とっても慎重で真面目なメールいただいたわ」

「よく出来てたろ」

「上々の出来でした」

「いや、真面目な話、いま僕は、とんでもなく利己的なお願いをしようと思ってるんだ。

いま話したとおり、僕の人生は思いがけない出来事でメチャメチャになった——と言うより、『人生』ってものがかき消えた、と言うべきかな。そして、その巻き添えで、一人の女性の人生もメチャメチャにしちまった。

たぶん、いま、もう一人の女性の人生をメチャクチャにしようとしてる……。

もし君が、一緒に人生を歩んでくれたら、僕にも、もう一度『人生』を生きるチャンスが生まれる。君を知れば知るほど、最初の直観は正しかった、と確信するようになった。でも、僕と結婚したら、君はちゃんとしたふつうの男性と結婚して幸せな家庭を築く、というチャンスを失うことになる。僕が君の母親だったら、絶対やめろと言うだろうな。

それが解っていて、敢えて君に、結婚してくれとたのんでる——ひどい男だな、オレは」

たかゆきさんが自分のことを「オレ」と言うのを聞いたのは初めてで、なんだかその生々《なまなま》しさにぎくりとさせられた。それだけ、切羽つまって私を求めてくれている、という嬉しさと、いまや「安全ネット」のないところで決断をせまられている、という怖さが交錯する。

もちろん、たかゆきさんの気遣いは全然まとはずれもよいところで、私自身、もはや「人生」らしいものはほとんどない。もともと「人生」から逃げて暮らしてきたところにもってきて、あの異変以来、完全に人間世界の外に放り出されたような塩梅ですごしてきたのである。彼のプロポーズは、言ってみれば、たった一人で宙吊りになっていたところに、突然空中ブランコが現れて、私の方に手を伸ばしてくれている、というのに他ならない。安全ネットがあろうがなかろうが、思い切って飛ぶほかはない。

でも、その前にやっぱり、本当のことを話しておかなくてはなるまい。

「それにお答えする前に」と私は腹をくくって切り出した。「私の方からも、お話しておかなくちゃならないことがあるの。あのね、私とあなたとでは、いくつ年の差があると思う？」

「うん、それがまず問題になると思ってた。ふつうに考えれば常識はずれの年の差だよね」

「正確に言えば何歳差？」

「少なめに見つもって、四十歳差かな？」

「ブー！」

「じゃあ四十五歳差」

「正解は六歳差」

「え?!」

「しかも私の方が六歳上」

「ウソ！」彼はゆっくりと私から身をはなして、私を見つめた。彼の顔が驚愕に凍りついている。

ああ、しまった！　本当のことを言うんじゃなかった。自分が障害者だからと言って、同じ障害をもった人間を受け入れられるとはかぎらない。今の今まで二十代の女性だと思っていた相手が、本当は七十三歳の老婆だと解ったら、衝撃を受けるだけではない。おぞましさに震えあがって逃げ出しても不思議はない。あー、取り返しのつかないバカなことをしてしまった——自分の方から先に逃げ出したくなるのをぐっとこらえて、真正面から彼の視線を受けとめる。

「そうなの。ホントなの」

すると、目の前で、彼の凍りついた驚愕の表情が、みるみる歓喜の笑顔へと変わっていった。

「ほんとか！」

「昭和二十年十月十四日生まれ。老人健康保険証見せてあげてもいい」

「なんと、なんと、そうだったのか！」

「こんな変てこなこと、私だけに起こったんだと思ってた」

「僕もだよ。世界で自分一人だけだと思ってた。一人じゃなかったんだ！」

　そう言ってたかゆきさんは大きく両手を広げ、私はその中に飛び込んでいった。まるで空中ブランコの受け手のように、たかゆきさんはがっちりと私を受けとめて、抱きしめてくれた。世界中で生き残った、たった二人の人間のように、私たちはしがみつき合っていた。

「でもね、あのね、あたしね」と彼の胸に頭をくっつけながら呟いた。「もしもただふつうの二十五歳の女の子だったとしても、やっぱりたかゆきさんと結婚したい。……好きなんだもん」

「ふーちゃん、僕もだよ。ふーちゃんが好きだ。だから結婚したい」私の顔をのぞき込んでたかゆきさんが言った。「実に単純明快な話だな」

　上空をウの群れが飛んでゆく。だいぶたそがれの色が深まってきた。

「腹がへったね。メシにしよう」

　はればれケロリとした声で彼が言う。なんだかまるで、これからすき家か吉野家に食べに行こうと言ってるみたいで、思わず笑い出してしまった。でも、ほんとにそう言われてみると、お腹がぺこぺこである。

　ちょっと確認の電話をしておく、とスマホを取り出している彼を置いて、先に堤道の方に登ってゆく。後の方から、彼の声がとぎれとぎれに聞こえてくる。「マオカですが、今日はよろしくお願いします」……「だいたい二、三十分くらいで」……「あ、二階の方もよろしく……」

彼の車は、ちゃんと盗まれもせず、そこにあった（たぶん、きちんと盗難防止装置もついているに違いない）。さっき乗り込むときには気がつかなかったのだけれど、車の先端に猫がついている。何かを追いかけて疾走中の猫である。クロサンの走っているところにそっくり、と頭をなでていると、後からやって来た彼が言った。

「こいつ、ときどき噛むよ」

えっ！　と思わずとびのくと、「大丈夫。僕の大切な人には噛みつかないから」とにやにやしている。

「もう！」とふざけて彼をたたこうとすると、その手を取って、彼は私を抱き寄せた。さっきのように、生き残った人間同士がしがみつき合うようなのではなくて、もっとずっとやわらかい、ふんわりとした抱き寄せ方である。彼の顔が私の方へ降りてきて、彼の唇が私の唇に重なる。あ、これが世に言う接吻というものなのですね、と頭の片隅では考えているのだけれども、だんだんに彼の口に吸い寄せられてゆくうちに、ぼう、としてきて、いきなり体中の力が抜けて立っていられなくなってしまった。やだ、どうしちゃったんだろう──よろよろとしがみつきながら、途方にくれて彼を見上げると、意外なことに少しも心配そうな顔をしていない。「それはね、ふーちゃんがとび切り感度のいい女性だってことなのさ」そう言って彼はドアのロックを解いた。「さあ、車にのせてあげよう」

彼は、人形を抱きかかえるように軽々と私をもち上げて助手席にのせた。

(七) オーベルジュ・ド・タマ

まだ少しぼうっとしている私をのせて、車は多摩川の上流にむけて走り始めた。

「これって、老いらくの恋？」

ようやく口がきけるようになって、そう尋ねると、きっぱりとした答えがかえってきた。

「いや、違うと思う。

ただの……奇跡なんだと思う」

ただの奇跡……その言葉を心の中でかみしめているうちに、しあわせな気持ちがふくれ上がってきた。それが、心のうちからはみ出して、車のなかにあふれていく……。

彼の方にそうっと手を伸ばすと、彼の左手が伸びてきて、その上に重なった。車が曲がりくねった山道にさしかかるまで、私たちはずっとそのままの格好でいた。

やがて丘のてっぺんに建物が見えてきた。

「あらっ！」

「似てるだろ」

さらに近付いてゆくと、車寄せの案配といい、建物全体の雰囲気といい、「伯爵邸」にとてもよく似ている。「伯爵邸」の妹といった感じである。

「同じ設計家が、ほとんど同じ時期に設計して建てたんだ。僕も小さい頃ここに連れてこられて、あ、オウチだ、って言った覚えがある。もちろん中はいま、完全に現代の設備になってるけどね。

料理の方も頑固なまでに正統派で、一時期ヌーヴェル・キュイジーヌなんてのが流行りになった時も、ここは断固正統派で押し通した。そんなところも気に入ってるんだ」

「うん。私もそういうの好き」

「古くさいぞわれわれは」——しばらく前に評判になった本の題名をもじって、たかゆきさんは高らかに宣言した。

車を降りて玄関に入ると、ここもどことなく真岡邸の正面玄関に似ている（乗ってきた車は、入口で待ちかまえていた係の人が、キィを受け取ってガレージの方へ運転していった）。案内されたのは、個室というよりアルコーヴといった格好にしつらえられた、落ちつきのある部屋である。まさしく「本物のデート」にふさわしい。先週、私が「そうだ、ワリカンにしましょう」と言ったときの、彼のちょっと困ったような、可笑しがった顔を思い出した。これはどう見ても「ワリカンにしましょう！」というお店ではない。

席に着くと、ずっしりとした表紙のワインリストが二人に渡される。翻訳仕事の中では、いろんなワインの名前に出会ったけれど、一つも覚えていない。これはもう全部たかゆきさんにおまかせである。白ワインはこれ、赤ワインはこれ、と選んでから、

「そうだ、今日は特別な日だから、ちょっぴり俗だけど、シャンパンで始めようか」とたかゆきさん。

「それでしたらば、今日はこんなのがございます」

ソムリエおすすめの銘柄を、うん、それでいこう、と彼がうなずくと、ソムリエはうやうやしくワインリストを受け取って下がっていった。シャンパンで乾杯なんて、「本物のデート」どころか「本物の結婚式」みたい、と思って、ふと気がついた。

「でも、アルコール抜きのシャンパンでないといけないんじゃない？　それと、アルコール抜きのワインと……」

「そんなワイン、ここにはないよ」と彼が笑う。

「この頃、日本では酒気帯び運転の取りしまり、すごく厳しいのよ」

「大丈夫。今日は泊まっていくから」

「あらっ、お泊まりになるの？」

なんだか急につき放されたような気がした。「本物のデート」なのに、帰りは一人で帰らなくちゃならないのか……。ここは駅からも遠そうだし、バスも通ってなさそうだし……。

「ここ、タクシー呼べるの？」

私の心細そうな顔を見て、彼は笑った。

「もちろん、ふーちゃんと一緒さ」

「あらっ！」

今度の「あらっ！」には、多大の当惑と不安がまじっている。もともと「本物のデート」すら不意打ちだったところにもってきて、それがそのまま「新婚旅行」とは、どう考えても常識の範囲をこえている。しかも、そればかりではない。この七十三年の生涯を通じて、男性と二人きりのお泊まりなんていっぺんも経験したことがないのである。いや、問題は「お泊まり」そのものというより、それに付随したもろもろのことがらである。翻訳の仕事のなかでは、なんの苦もなくすらすらと訳してきたのに、いざ自分がその場に臨むとなると、ほとんど怖じ気づいていると言ってよい。これはもう、当惑、などという生易しいものではない……。

その音色を敏感に聞き取ったたかゆきさんは、さりげない様子であっさりと言う。

「もし急ぎすぎだと思ったら、無理することはないよ。今夜は別々の部屋に泊まってもいいし」

それを聞いて、私の負けじ魂に火がついた。すでに自分は結婚に同意した身ではないか。この期におよんで別々に泊まるなんて、そんなのは腰抜けのすることである。

「いいえ、断固いっしょに泊まります！」勢いこんでそう言ってから、つい、つけ加えてしまった。

「毒を食らわば皿まで！」

たかゆきさんは頭をのけぞらせて、大声で笑った。

「それでこそふーちゃん！

さあ、大いに呑んで、食って、楽しもう！」

このお店の料理は本当においしかった。ここでの夕食のメニューはいくつか定まったコースがあって、私たちの選んだコースは、コンソメ、コキーユ・サン・ジャック（帆立の殻に盛ったグラタン）、カナール・ア・ロランジュ（鴨のオレンジ・ソース）といった、定番中の定番メニューだったのだけれど、そのどれもが、うならされるお味であった。

「あ、本物のコンソメだわ、これ！」

運ばれてきたコンソメ・スープを一口味わって、私が思わず叫ぶと、たかゆきさんは、わが意を得たり、とばかりに微笑んだ。

「だろ？」

かつて若い頃、なんとかして我が家でコンソメ・スープを拵えてやろうと、肉屋で骨を買い、香草を買いととのえて、二日がかりで挑戦したことがあった。どうにかそれらしい味にはなったものの（しかも、最後にはこっそり市販のキューブを一粒入れて、ようやくいいいい、それらしくなったのである）これは本物ではない、という思いが残った。その話をして、「これですよ。これがコンソメというものです」と、とろけるような顔をしたら、彼の微笑がさらに広がった。

「うん、やっぱりここを選んでよかった」

「なんというお店なの？」（先ほどは、店の名もたしかめずに入ってきたのである）

「オーベルジュ・ド・タマ。多摩川の上流にあるからタマ。それと、ここのオーナーの家の猫が代々タマなんだ」

「そう言えば、さっきのワイン・リストの表紙にも猫のマークがついてた。あれがタマ？」

「たぶん初代のタマだな」

「あなたの車にも猫がついてたわよね。あれもタマ？」

「あれはジャガー君」

「あっそうよね。もちろんジャガーだわ」

（現代物のロマンス小説では、ジャガーは格好良い主人公《ヒーロー》につきものの小道具──いや大道具である。なんで忘れていたんだろう）

「イギリスではあれをランニング・キャットなんて呼んでる。タマでも間違いとは言えないな。でも、今や絶滅危惧種なんだよ」

「ジャガーが？」

「いや、生きたジャガーはまだ中南米にかなりいる。あの〝走る猫《ランニング・キャット》〟のついたジャガーの方。あれはもう生産されてないんだ」

「あらァ、なんで？」

「あぶないからだって」

「噛むのね、ときどき」

たかゆきさんはさっき自分の言ったことを思い出してククッと笑った。

「いや、人がぶつかった時にあぶないんだって」

「でも、ジャガーにぶつかったら、なんにも飾りがついてなくてもあぶないんじゃない？」

「あぶないさ、もちろん。ただ近頃は、なんでも、万一の時に訴訟のタネになりそうなものはあらかじめ外《はず》しておこうっていうのが、あらゆる企業の考え方なのさ」

「つまらない世の中ね」

「ああ、つまらん」

人の悪口が、よい酒の肴になるように、私たちには、世の中の悪口が、ちょうどほどよいワインの肴になった。「古くさいぞわれわれは」というさっきの宣言が甦ってくる。年寄りと若者の間を自在に行ったり来たりできるのは、われわれならではの特権であり、楽しみである。

「そう言えばさ、こないだスーパーで、ブランデーぶら下げてレジに行ったら驚いた」

「ネンレイ・カクニンガ・ヒツヨウ・デスでしょ？」と私は口真似した。

「それそれ！　いきなりレジから声が出てくるんだよ。不意をつかれて、あやうく告白しそうになった」

「すみません。ほんとはボク、こう見えても、六十七歳なんです、とか？」

「あぶないところだったよ」

ああ、こんなこと言って笑い合えるって、なんて楽しいんだろう。世に言う〝カミング・アウト〟っていうのは、こういう晴れ晴れした気分をもたらすものだったのか……。

「お父さまやお母さまは、平気でらしたの？」

「二年前、久しぶりに帰ったときは、さすがにびっくりしてた。ことにおやじの方は、事情を話すと、うーん、それはちょっと研究所の方がやりにくくなるだろうナ、とそっちを心配してくれたな。年齢から言っても、退職しておかしくない頃合いだから、日本での次の仕事を考えておいた方がいいかもしれないって——それが例の、中村さんの力を借りての新事業につながったわけなんだ。ただ、おふくろさんは、ああいう人だから、ケロリとしてたな。子供ってものは、あたしたちにとっては、六十すぎようがはたちだろうが、おんなじ鼻たれ小僧なんだからってね」

「すばらしい方ね、おかあさまって」

「ああ、ぼくもそう思う。君のこともほんとに気に入ってる。明日、帰ったらすぐ報告しよう。きっと大喜びするだろうなァ」

そうだといいけれど、でも、私がほんとは七十三だと解ったら……どうなんだろう、という不安が心をかすめる。と同時に、ひょっとすると、おかあさまはもう気付いていらっしゃるかも、という気もする。時々、おしゃべりがはずむと、完全に同世代同士でしゃべっている、という感じになることがあって、そんな時には、どう考えてもこの娘さんは平成生まれのはずはない、と思われていたに違いないのである……。

その時、メイン・ディッシュのカナール・ア・ロランジュが運ばれてきた。その、おごそかと言いたくなるようなたたずまいに、シーンとした空気がアルコーヴの内にひろがる。給仕の人が美しい手さばきで切り分けてゆく間、私たちは息をひそめて見守っていた。

「む、む、む」

よく焼けて汁気のたっぷりとした鴨の肉をかみしめて、私たちは、頬に笑みがこぼれ出てくるのを抑えきれぬままに、互いの顔を見合った。言葉はいらない。二人共、夢中で食べた。

「ふーちゃんも、よう喰うな」

二人のお皿がほとんど空になった頃、たかゆきさんが言った。

「だって、おいしいんだもん」

「ふーちゃんと食べてると、おいしいもんがますますおいしくなる」

そう言って私を見る目つきに、食欲以外のなにかがキラリと輝いた気がして、私はあわててもう一口ワインを飲んだ。そうしたらますます胸がどきどきし始めてしまった。

デザートのクレーム・ブリュレも、これまた絶品だったのだけれども、私の口数が少なくなったのは、そのためではなかった。デザートのあとに待ち受けているもののことを思うと、先ほどは平気になったつもりでいたのに、またしても怖じ気づいてきたのである。

怖じ気づくと言っても、痛いのがこわい、というのではない。以前に一度、左手を骨折したことがあって、その時の経験から、痛みには強い方だと思っている。この不安は……敢えて言えば、教科書を読んだだけで、何の研修も受けず、練習もなしで、いきなり実技試験に臨むという不安である。

通院つきそいサービスの時は、研修を受けたこともないのに「お安いご用です」と安うけあいしてしまったけれど、あの時は一応、父の通院に何度かつきそっていて、全くの未経験というわけではなかった。しかし今回は、まるっきり未経験のシロウトもよいところである。たかゆきさんを失望させてしまったらどうしよう――かと言って「毒を喰らわば皿まで」と大見得を切ってしまった以上、ここで引きさがるわけにはいかない……。

そんな様子に気がついて、たかゆきさんはいたわるように尋ねた。

「ん？　ふーちゃん、どうした？」

「えーとね、あのね、こんな美味しいご馳走のあとで、あなたにすごく不味い思いをさせちゃったらどうしようって。わたし、一度もしたことがないから、きっと、すごく下手クソだと思うし……」

彼は笑いながらテーブルを回ってきて、私の手を取った。

「まず第一に、ふーちゃんが不味いってことは絶対にないから大丈夫。さっきちゃんとお味見してみたし……」そう言って、私の耳たぶをちょこっと噛んでみせた。たちまち全身にさざ波が走って、体がこまかくふるえる。

「ほら、ね。こんな上等の素材で不味い料理しかできなかったら、それは百パーセントシェフの責任だ。そして僕は下手クソなシェフじゃない」

「うん、わかった」

そう言って手を取りあっているところに、本物のシェフがアルコーヴにやってきた。私たちの怪しからぬ会話を聞かれてしまったか、とうつむいていると、たかゆきさんは臆することなく身を起こして、シェフの手を握った。

「やァ、八田さん、今日の料理はいつにも増して絶品でしたよ。特にカナールは凄かった！」

「はい、今日はちょっと気合いが入ってましたから……」と八田さんは彼と顔を見合わせて笑った。「いかがでした、マダム？」と私の方にお辞儀しながら尋ねる。

「Merveilleuse!」

自分でも驚いたことに、遠い昔、大学のフランス語会話で習いおぼえた言葉がとび出してきた。そこでの会話テープに、食事が終わって、シェフが挨拶に来たところで、客が

した顔をして、それからはじけるような笑顔を見せた。

「素晴らしかった！」《メルヴェイヨーズ》とほめる場面があったのである。シェフの八田さんは一瞬びっくり

「Merci beaucoup, madame.」

そして、今夜はどうぞごゆっくり、と言って引きさがっていった。

「ふーちゃん、フランス語もできるんだね。きれいな発音だった」

「ううん、大学で一学期、フランス語会話をとっただけ。あんな言葉、覚えてたことも忘れてた」

「面白いもんだね。むかし習ったことって、ふっと出てくるんだよね」

美しい小さなカップに入った香りのよいコーヒーを飲み終わったときには、私の怖じ気はほとんど消え去っていた。


「二階の方もお願いします」って言ってたのはこれだったんだな——食後、二階に案内されて、そう思い出した。ちょうど「伯爵邸」に純和室があるように、ここの二階も、いまのふつうの家では見かけなくなってしまった、本物の和室である。階段を上ったわきには、脱衣所をへだてて、これまた本格的に和風の風呂場がついている。

「お風呂に入る？」と尋ねられて、ちょっとためらう。汗は流して、きれいにしておきた

いけれど、他人と一緒にお風呂に入るということが、修学旅行以来一度もないので、ひどく恥ずかしい。

「別々でもいい？」

「もちろん。お先にどうぞ」

手早く服を脱いで、脱衣所にあるハンガーにかけ、自分の家で風呂に入るときと同じく、てきぱきと事務的に体を洗いながら、なんと色気のない風呂の入り方だろう、と我ながらおかしくなってしまった。でも、色気のある風呂の入り方って、どんなのだろう？　きっと、こんなふうに下着とストッキングだけさっと手洗いして、かたくしぼって手拭いかけにかけたりしない、入り方なんだろうなァ、と思いながら、すばやく体をふいて、そなえつけのゆかたに腕を通す。

「早いねぇ」

電話をかけていたらしいたかゆきさんが、こちらをふり返る。

「いつもカラスの行水なの。お先に」

しかし、たかゆきさんも負けずおとらずのカラスの行水で、しばらく水音がしていたかと思うと、もう脱衣所の扉をあける音がしている。そうだ、きっと、今ならあの素敵なお尻をじかに眺められる！　そう気がつくと、思わず声をかけていた。

「のぞいてもいい？」

「どうぞ」笑いをこらえたような声で返事がかえってくる。

そうっと引き戸をあけると、向こう側をむいたたかゆきさんがバスタオルで体をふいていた。あの素敵なお尻が、さえぎるものとてなく、いま目の前にある。

「素敵なお尻だって、ほめられたことない？」

「ないなァ」

「目のない人たちばかりなのね！　さわっていい？」

「どうぞ」

うやうやしく手を伸ばして、彼の美しいお尻をそっとなでる。ずっと以前、美術室にあったダビデ像のお尻にさわってみたことがあったけれど、ただ埃っぽい石膏の塊で、ぜんぜんつまらなかった。いま私の手の下にあるのは、温かく血の通った、弾力にみちた、生きたお尻である。

「初めてあなたを見かけたとき、ああ素敵なお尻だなァって、まず思ったの」

「なんと、光栄なことだナ」そう言いながら、彼はくすぐったそうに身をよじった。

「でも、お尻の後ろ側だけでなくて、前の方もめでてくれると嬉しい」

そう言って彼がくるりとこちら側に体をむけた瞬間、「ワッ」と言ってしりぞいてしまった。たぶん、恐怖の色合いを帯びた叫び声だったのだと思う。

「大丈夫、噛みつかないから。さわってごらん」

まるで、生まれて初めて見る奇妙な生き物にさわるようにして、私はおずおずとさわってみた。

「こんにちは、初めまして」

山中でいきなり熊に遭遇したときには、やさしく話しかけながらそっと後ずさりしてゆくのがよいのだという。そんなふうにして話しかけながら、そうっと頭をなでてみる。と、軽くうなずいてくれる。勇気を出してもう一度なでる。

「こんなに大きなものが体についてて、邪魔じゃない？」

「時たまね。でも、いつもこんなに大きいわけじゃない」

「ちいちゃくできるの？」

「今はムリだ。そうやってふーちゃんにさわられてたら……。さあ、そろそろこいつに本領を発揮させてやろう」

そう言うと、たかゆきさんは手を伸ばして私のゆかたをはらりと脱がせた。

「やっぱり、ふーちゃんはなんにも着てないときがいちばんキレイだな」そして、私をふとんの方へいざなった。

たかゆきさんが、僕は下手クソなシェフじゃない、と言っていたのは本当だった。思いもよらないところを舐められたり、吸われたりして、そのたびにあっとか、あーと言っているうちに、全身が上手に煮とかされた葛湯のようになって、ぷるぷるとふるえている。そこに、とても優しく、とても断固として（変な言い方だけれど、これ以外の言い方を思いつかない）たかゆきさんが入ってきた。

全部すっぽりと収まってから、彼は動きを止めて、私を見つめた。そうか、あの最初に見つめ合ったとき――あれは、まっすぐここへとつながってたんだ。あのときは目だけでつながってたけど、いまは全身でつながってる……。

じいっと彼の目を見上げながら、ふと、自分でも知らない内に、まるで握手でもしているように、自分の体が、入ってきたものをつかんだりゆるめたりしているのに気がついた。彼の全身がにわかに緊張する。「動くよ」とせっぱつまった声で言うなり、彼は激しく動き始めた。

そこに始まったのは、それまでとは全然次元の違う何かだった。それまでのところも、とても気持ち良くて、まさに美味しい料理のあとで、更にまた美味しいものを味わっている、という気分だったのだけれども、それを全部吹きとばすような嵐が吹き荒れ始めたのである。息もできないような風に吹かれながら、もっと吹け、もっと吹け、と踊り狂っている。そのうちに自分が嵐にもまれているのか、自分自身が嵐になって吠えたてているのか、さだかでなくなってくる。そして、その嵐をつらぬいてギザギザの稲妻が天から落ちてきて——そこでようやく静けさが訪れた。

ただもう呆然として、死体のようになって横になっていた。たかゆきさんも、もう一つの死体になって、ぐったりと私の上に横たわっている。なにか言おうと思っても、まだ口が動かないし声がでない。たかゆきさんも、ようやく身動きして、首を少しあげた。

でも、なぜか表情が冴えない。下手クソなシェフじゃない、どころではないのに、なんだか悄気《しょげ》た顔をしている。

「どしたの？　よくなかったの？」ようやくぽつりぽつりと声が出た。もしかしたら、私一人が感激していただけで、たかゆきさんの方は味気ない思いをしていたのかもしれない……。

「とんでもない。むしろよすぎた。あっという間にいってしまった」

そんなことで悄気るなんて、とおかしくなった。

「あれ以上つづいてたら、わたし死んでた」

「そうか」

と言いながら、たかゆきさんはまだ悄気た顔をしている。

そのとき、ふっと気がついた。最後の瞬間に、たかゆきさんも何か叫んでいた。たしか「ミサコ！」って叫んでたような気がする。

「ひょっとして」と尋ねてみた。「名前、まちがえたん？」

「うん」と彼は悄気た顔のままうなずいた。

「男として、許されないことだ……」

思わずクスッと笑いそうになった。新婚初夜に、間違えて前妻の名前を口走った、なんて、これは笑える……。

でもすぐに、ここが大事な正念場だ、という気がした。笑ってもいけないし、怒ってもいけない。もしここでしくじったら、結婚しても彼は手に入らない――そんな気がした。

「いいのよ」私はそっと手をあげて彼の髪をなでた。「三十年もいっしょにいた、大事な人の名前ですもの。肝心のときにとび出してきても、ちっとも不思議じゃない。それもあなたの大切な歴史ですもの。全部ひっくるめて、あなたが好き……」

「ふーちゃん」ため息をつくような声でたかゆきさんが言った。「きみって人は……ほんとに……奇跡の人だ」そして、私の手をとって口づけした。

ああ、よかった。

そう安心したら、急にねむけが襲ってきた。そのまま、うつらうつらしていると、ふと、夢うつつのなかで、手の先を、やわらかい猫の手が、ちょちょ、となでている。ああ、私が悲しがっているとき、なぐさめに来てくれたクロサンが、幸せな私を見て、よかったね、と言いに来てくれたんだ。ありがとう……。

「クロサン」とつぶやくと、いきなり耳元で鋭い声がした。

「クロサンて誰だ？」

「え？」と目がさめた。「猫だけど……」

「ネコ？」

「そう。母が亡くなったあと、私の唯一の家族だったの……」そう言ったら、懐かしくて目がうるんできた。「私が泣いてると、前足を伸ばして、ちょ、ちょってなでてくれたの」

「そうだったのか」と彼が私の髪をやさしくなでた。クロサンの前足と同じくらい、やわらかくてやさしい手つきだった。「これからは、僕がきみの家族だから。いつでもなでてあげるから」

そう言って、たかゆきさんはそっと私をかけぶとんにくるみ直し、自分のふとんにもどっていった。

朝、目がさめると、いつもの自分の部屋でなかった。しかも、自分ひとりではない。横にふとんがあって、そこにたかゆきさんが寝ている——目がさめたとき、となりに人が居るって、なんて不思議なんだろう、と思ってぼうっとしていると、こちらの目がさめた気配に気付いて、たかゆきさんが声をかけてきた。

「おはよう」

「おはよ」

寝たまんまでおはようと言うのも、珍しくて面白い。そう思った通りを言うと、彼が笑った。

「そうか、ふーちゃんはもう何十年も、ひとりで寝て、ひとりで起きてきたんだな」

欄間から朝の光がもれてきて、外ではメジロが美しい声で鳴いている。

「いま思い出してたんだけど」とたかゆきさんが上を向いたまま話し始めた。

「いちばん怖かったのは、ひょっとして死ねなくなるんじゃないかってことだった」

「あ、考えたことがなかった」

「ふつうの人は、死ぬことの怖さの話ばっかりしてるけどさ、もし死ねなくなったとしたら、これはすごく怖いことだよ」

「そう言えば、『ガリヴァー旅行記』に、いろんな変てこな国が出てきて、死ねない人間のいる国ってのがあった」

「まさにそれだよ。生まれたときから独特のアザがあって、〝死ねない人間〟が生まれるとみんな歎き悲しむっていう、あれさ」

「ものすごいシワクチャのおじいさん、おばあさんのさし絵があって、不気味だった！」

「でも、一番悲惨なのは、シワクチャになることより、死ねないってところなんだ」

「そうかァ」

「もちろん、飛行機からパラシュートなしでとび降りたり、青酸カリをコップでがぶ呑みしたり、無理やり死ぬ方法はいくらでもあるだろうね。だけど、ふつうの人間たちは、みんな、そんな無理をしなくても、最後のところで、かならず『終わり』が来てくれるっていう安心感で生きている。『安心感』なんて言うと変に聞こえるかもしれないけど、その安心感を根こそぎ奪い去られた人間から見たら、もうねたましいくらいの安心感だよ。放っておいたらいつまでも死ねないかもしれない――その恐怖感が、この三年間、いつもつきまとってた」

　そう言われてはじめて、その恐怖が私のうちにもじわっとしみ込んできた。シミシワ問題だの高校の同窓会どうしようだの、上っ面のことばかりにかまけていたけれど、たしかにその底には〈安心感を奪い去られた〉という感覚があったと思う……。

「ところが、今朝、目がさめたらその恐怖がなくなってた」

そう言って彼は私の方を向いた。

「ぼくも死ねない。きみも死ねない。もしもぼくたち二人共、いつまでも死ねなかったら――これはすごく嬉しいことじゃないかって。目がさめて一番に、それを考えてた」

なんにも答えられなかった。

この言葉の前には、これまで訳してきたすべての〝愛の言葉〟が、ペラペラの安っぽい台詞に思える。なにも答えられず、どんな顔をしていいかもわからず、ただ自分のふとんの中にもぐり込んでしまった。もぐり込んだままじいっと、今のこの言葉をかみしめていた。そしてそこから、まるでモグラが地下を掘りすすむように、ふとんのトンネルをくぐり抜けて、彼の腕の中へと飛び込んでいった。

彼は私をしっかりと抱きとめて、耳の中にささやいた――「さあ、またもう一度、すごく嬉しいことをしよう」


朝風呂を浴びて（今度は一緒に入っても、少しも恥ずかしくなかった。人間の羞恥心などというものは、かくも簡単に消え去るものらしい）、朝ごはんを食べながら、たかゆきさんに聞いてみた。

「クロサンって、なんだと思ったの？」

「黒々とした一文字眉毛に、目ん玉がギロッとした奴。やたらガタイがでかくて、ふーちゃんがなんか面白いこと言うたんびに、大口あけてグァハハハって笑うような奴！」

なに、それってグレちゃんそのまんまじゃない、と思いながら、その言い方があんまり敵意むき出しだったので、面白くなってさらに尋ねた。

「で、そんなクロサンが居たらどうするの？」

「しめ殺す」

たかゆきさんはこともなげに答えて、卵焼きをもう一切れ頰ばった（朝食は、部屋に合わせた純和食なのだけれど、それがまたとても美味しい）。

そうか、この間のたかゆきさんの不興顔は、そういうことだったんだ。なんだか、たかゆきさんがグレちゃんの巨体に後からとびかかって首をしめ上げている、プロレス風の場面がうかんできて、思わずニヤニヤしてしまった。

「ん、なにをニヤついてる？」

「うふふふふ、なんにも」

でも、ニヤニヤしながらも、この「クロサン」への敵意には、多分長い歴史があるんだろうなあ、とおもった。ミサコさんがなにか面白いことを言うたびに、グレちゃんが大口をあけてグァハハハハ、と笑う。それを見ながら（心の表層の5センチ下では）「しめ殺す！」と思ってたのに違いない――その情景が思いうかべられるような気さえした。

オーベルジュ・ド・タマをあとにして、ジャガー君とともに山道を降りてゆきながら、たかゆきさんが尋ねた。

「いまも毎朝走ってるの？」

「うん。でも家の近くの方を走ってるの。なんだか、お母さま抜きで顔を合わせるのが恥ずかしくて……」

「それで見かけなかったんだな。こんどまた一緒に走ろう」

「ええ。走りましょう」（実際、いつも、顔を合わせる気づかいのない道を走りながら、いま一緒に走ってたらなァ、と想像しない時はなかったのである）

「そして、もう一度富士山を見よう。あそこだけは、あれ以来一度も行ってない。次は絶対、二人で一緒に見るんだって決めてたから」

「見ましょう、一緒に！」

(八)　ワシントンDC

初めての「本物のデート」からちょうど三週間後、私たちは成田空港のビジネス・クラス用ラウンジにいた。ここは広い喫茶店のようなつくりで、大きな窓のむこうに飛行場が見わたせる。ゆったりとした椅子に背をあずけて、私は飛行場の上にひろがる白い雲を眺めていた。

この三週間は忙しかった（あんまり忙しくて、二人で一緒に富士山を見る約束も、まだ果たせていない）。まず、週明けに婚姻届を提出して、翌週に出来上がった新しい戸籍の抄本をもってパスポートの氏名変更手続きをした。一度も海外旅行をしたことのない私が、パスポートだけは持っている。これは母の死後、相続手続きのために本人確認なるものが必要で、運転免許証のない私は、かわりにパスポートを取得して使っていたのである。それがなかったらもっと時間がかかったに違いない。それでも、変更手続きが旅行に間に合うかどうか、ずいぶんハラハラさせられた。

この忙しさは何かに似ている、と思ったら、母が亡くなったあとの忙しさにちょっと似ていた。いろんな役所に行って、いろんな書類に書き込んで、いっぱい判を押して……。ということだけではない。なにか、人ひとりの店じまい、といったところが、似ているのである。

まず一つには、「武内文子」という名の店じまいがある。役所の書類に自分の名を書き込むたびに、うっかりといつもの習慣で「武内文子」と書いてしまわないように気をつけなければならない。

と言っても、武内文子から真岡文子になるのがイヤだというのでは全くない。それどころか、むしろ本来の自分になるのだ、という感じさえある。これまでの自分の殻をやぶって、真っすぐにすくすくと伸びてゆく——私にとって真岡文子とはそういう名前である。

(日本の法律では、たかゆきさんが真岡隆之から武内隆之になっても構わないのだけれど、それは私が断固として拒否した。タケウチタカユキなんて、舌をかみそうで、こちたくて、全然彼らしくなくてイヤダ、と言ったら、彼は笑っていた)

しかし、「武内文子」の店じまいは、ただ名前が変わるだけではない。それは文字通りの「店じまい」でもあった。

つい先週、訳し終えた本の最終ゲラをチェックしたとき、それに添えて、担当の小野寺さんに、長いこと本当にお世話になりました、今回をもって仕事納めにいたしたいと存じます、というお別れのメッセージを送った。小野寺さんは、すぐに電話をくれて、読者のなかには武内さんの訳文が好き、というファンも多いんです、と残念がってくれた。私も、有能で、あたたかい人柄の小野寺さんとご縁が切れるのは残念だったのだけれども、翻訳の仕事それ自体には未練がなかった。

あれは、通院つきそいサービスの仕事《アルバイト》をはじめてしばらくたった時のことだった。いつものようにキーボードにむかっていて、ふと気がつくと、なんだかまるで機械的に翻訳している。いつもなら、完全にその場面のうちに入り込んで、自分の言葉で情景を描き、自分のセリフを語るようにして登場人物に語らせてゆくのに、ただ単に、目の前の英語を日本語にしているだけなのである。

原作の出来が悪いのではない。最初に読んだときはむしろ気に入っていた作品である。変わってしまったのは私の方で、言うならば、他人《ひと》の手になる拵えものの世界の内に住めなくなってしまったのである。どうにか訳し終えたけれども、これが自分の最後の訳本になるのだということは、ハッキリとわかっていた。

淋しい、という気はしなかった。むしろ、自分はそろそろ「生きる」ということを本格的にし始めているらしい、という感覚の方が強い。たかゆきさんは、私を中村さんたちに紹介してくれて、企画会議にも毎回オブザーヴァーとして招いてくれている。来月からは、私自身、介護士の資格をとるための専門学校に入って勉強することにしている。私にとって、いまは〝店じまい〟の時というより、〝店びらき〟にむけての時なのである。

そんなふうに感じているところだったから、久しぶりに自分の家にもどって荷物の整理をし始めたときも、特に感傷にひたるつもりはなかった。

結婚した当座は、パソコンや下着類や、必要最小限のものだけ持って、文字通り「ころがり込んだ」というかっこうで真岡邸に寝泊まりしていたのだけれど、ひと落ちつきしたところで、お母さまが、とてもすてきな、こぢんまりとした「ふーちゃんの部屋」をえらんで下さった。今日はそこに持ってゆくべき物をえらび出しに来たのである。

真夏用の服をいくつか。レインコートや雨靴。替えのジョギング・ウェア。そういったもののほかに、クロサンが使っていたエサ皿と水呑み、父と母の葬儀のときの遺影を小さくして額縁に入れたもの（ずっと、居間の窓際にかざっていた）、などをダンボールにつめていく。それに加えて、これまでに出版された「武内文子訳」の本、三十二冊をまとめて入れていると、ふっと「遺品整理」という言葉が頭にうかんだ。そして、「結婚式とは自分で花輪のにおいがかげる葬式である」をもじって、「自分で自分の遺品整理をするのが結婚である」などと呟いて、ひとりでくすりと笑ったりもした。

結局、荷物は、全部まとめても思ったほどのかさにはならなかった。

荷作りを終えて、腰を伸ばしながら部屋を見まわしたらば、なんだか部屋にはすでに、見捨てられた、という空気がただよっていた。もう、この部屋の主がここで暮らすことは二度とないのだということを、部屋自身が知っているかのごとくである。

主の居ない部屋――母が亡くなったあと初めて母の部屋に入ったときの、あの空っぽな感じが、生々しく甦ってきた。

いま私は、自分が居なくなったあとの、空っぽな部屋を眺めている。七十三年間ずっとここですごしていた人間が、いま、立ち去ろうとしている。

冬のすきま風を防ぐためのガム・テープを貼ったままの窓、黄ばんだカーテン、ところどころに猫のゲロの跡が残った、色あせたじゅうたん。その一つ一つを見ている内に、胸がしめつけられるようないとおしさに襲われた。

ごめんね、ちゃんとした手入れもしてあげなくて。もうおわかれだね……。

小さい頃に聞きおぼえた、歌詞とメロディーがうかんでくる。

「けふは　なれをながむる　をはりの日なり　さらばふるさと　さらばふるさと……」

心のうちに口ずさみつつ、荷物のつまったダンボールを一つ一つ玄関に運んでゆくうちに、涙が目のなかにもり上がってきた。

そのとき、門のチャイムが鳴った。たかゆきさんが引っ越し荷物を運びに来てくれたのである。

「あれ、たったこれだけ？」

たかゆきさんは、つみ上げられた荷物の少なさに驚いた様子だった。

「うん、これだけ」

そう答えたとたん、堰を切ったように涙があふれ出てきた。なにがどう悲しいのか分からない。ただもう、うんと小さな子供が親にすがって泣くように、たかゆきさんにしがみついて、「うわあああん」と大声で泣くばかりだった。

「どうした、どうした」

たかゆきさんに背中をなでられながら、泣くだけ泣いてしまうと、自分でも可笑しいくらいけろりとなった。

「いまね、この家におわかれしてたの」

「そうか。迫力のあるおわかれだったな」

そう言ってたかゆきさんは、私の荷物を車に運んでくれたのだった。

そしていま、私たちは成田空港に来ている。

「ふーちゃんが初めてって言ってたのは」たかゆきさんが熱い紅茶のカップを二つ持ってきてくれながら言った。

「ビジネス・クラスに乗るのが初めてなんじゃなくて、飛行機が初めてなんだね」

「そうよ。飛行機に乗るのも初めて、外国に行くのも初めて、新婚旅行も」と言いかけて、ちょっと声が小さくなる――「新婚旅行は二度目だけど」

「ま、あれは、旅行と呼ぶにはちょっと近すぎたからね」とたかゆきさんが笑う。「一・五度目ってとこかな」

しかし、今回のワシントン行きを「新婚旅行」と呼ぶのも、本当は少しズルイのである。もともと、この日たかゆきさんはワシントンに行くことになっていた。すでに研究所の所長業務は、グレちゃんことグレッグ・ノーマン氏が引きついでいて、先日彼が来日したときに、引きつぎに必要な書類の署名もすんでいたのだけれど、年度末（いわゆるアカデミック・イヤーの終わり）に、ちゃんと正式の所長交代セレモニーをしておこう、という話がもち上がっていた。そこに、いわば便乗して割り込むようなかたちで実現したのが、今回の「新婚旅行」なのである。

ただしここには、もう一つ、実質的な目的がある。私が研究所に行って、たかゆきさんが受けたのと同じ、徹底的な検査をしてもらうこと――これは、グレちゃんが私の「年齢同一性障害」の話を聞くとすぐさま提案してくれたのであるが、もちろんわれわれ二人とも異存のあるはずはない。

私自身にとっても、自分に起こった異変が何によるものなのか――たとえ答えは出ないとしても、それを調べてもらえるチャンスはのがしたくない。また、それ以上に、たかゆきさんのためにも、この検査はぜひ受けたいのである。

全世界にたった一例だけ、というと、科学者たちは本能的に警戒する。それを「神様のイタズラ」と言うにせよ「おてんと様の特別プレゼント」と呼ぶにせよ、科学とはおよそ相性の悪い話になってしまう。しかし、もう一つ同じ症例がみつかったとなると、にわかに科学の活躍する余地が生まれてくる。両方のデータを比較して、原因についての仮説を立てたりすることも可能になる。なにかがきちんと証明されることは無理だとしても、とにかくこれを科学的に扱うことができるというだけで、たかゆきさんも研究所の人たちも、気が楽になることは間違いない。そして私も、そんな大義があると思うと、この便乗新婚旅行について、大いに気が楽になるのである。

飛行機に乗ったことはなくても、機内の様子はいろんな映画で見ていて、すっかりおなじみ――のつもりでいた。ところが、全日空《ANA》のビジネスクラスに案内されたら、全然、映画で見たのと違う。ずらりと客席が並んでいるのではなくて、客室全体が、一つ一つのブースに区切られている。ブースの中には、作りつけの小棚があったり、テレビがあったり、ちょっとした一国一城の主《あるじ》になった気分である。

これってなにかに似てるなァ、という気がしながら、思い出せぬままに、あれこれ装備をいじり回していると、彼がやってきた。ここをこう押すと座席が前にすべり出て、完全に平らなベッドになる。むこうに着くと朝だから、少し寝ておくといいよ、とお兄さんぽく世話をやく。二人用のブースがあるといいのにナ、と言うと、彼はにやりと笑って「防音ブースでないとナ」とささやいて席に戻っていった。

(本当は昼ごはんの)「夕食」が出たあと、機内は「夜」になって、たかゆきさんの忠告どおり、(映画を見たりせずに)横になって目をつぶった。

そうすると、どうしても頭にうかんでくるのはミサコさんのことである。

ワシントンに行くということは、言いかえれば、ミサコさんの住んでいる街に行く、ということでもある。はるばるとワシントンまでやって来ておいて、研究所主催の送別会には出ておきながら、ミサコさんのところには顔も出さない、というのはいかにも不自然で、礼儀をはずれたことのようにも思われる。

しかしまた、もしも挨拶に行くとしたら、いったいどんな挨拶をしたらよいのか？　どうぞよろしく。私が後釜にすわりましたフミコでございます、とでも挨拶しようというのか？　文字通り「どの面《つら》さげて」そんな挨拶ができるというのだ。

ならばやっぱり、知らん顔をしてそのまま日本へ帰ってしまうのがよいのか？　しかし、そうやって逃げてしまうのは、なんだか私らしくない気がしてならない……。

そんなことを考えながら、飛行機の軽い揺れに身をまかせていたら、ミサコさんに会いに行った夢を見た。

案に相違して、ミサコさんは満面の笑顔で迎えてくれて、たかゆきさんの好物のシチューの作り方を教えてあげる、と言う。礼を言って、大きなシチュー鍋を木製のさじでかき回していると、グリム童話のなかのおかゆを出す鍋のように、クリーム色のシチューが鍋の底から、みるみるわき上がってくる。更にお鍋からどんどんこぼれ出して、キッチンの床がシチューだらけになる。早く、止める呪文をとなえなければ、と焦るのだけれど「お鍋よ、煮えろ」しか思いうかばない。シチューはもう首のあたりまで来ている。ふと見ると、たかゆきさんもシチューの海の中でもがいている。ミサコさんの高笑いが聞こえる。あー、クソ、「お鍋よ……」「お鍋よ……」あー、次が出てこない——と焦るところで目がさめた。

　実は、ミサコさんに会いに行くべきか、行かざるべきかは、出発前に二人で相談したときも、はかばかしい結論が出なかった。

　ふだんのたかゆきさんは、何につけても決断が早い。いま進んでいる新事業の企画会議でも、出席者の意見をていねいに聞きながら、判断に必要な事柄をすばやく取り出し、ずばり、ずばりと決断を下してゆく。見ていてほれぼれするほどである。

　ところが、ことこの件に関するかぎり、いつもの自信にみちた速決ぶりはすっかりかげをひそめて、迷いの様子ばかりが目立つ。結局のところ「グレが、いまのミサコの状態をいちばんよく知ってるから、もし彼が、いまはちょっと遠慮して欲しいと言ったら、われわれも無理にとは言わない——そんなとこでどうだろう」ということになったのだけれど、なんだかまるでグレちゃんにそう言ってもらいたがっているような口ぶりで、およそいつものたかゆきさんらしくない……そんな不安が、こんな夢になったのかもしれなかった。

　沢山の人であふれかえるダレス空港を出て、ワシントン市内にむかうタクシーに乗ったとき、ふっと、あの全日空《ANA》のビジネスクラスの客室が何に似ていたのか思いあたった。

「ねエ、新宿の西口の都庁にむかう通路に、ホームレスが段ボール並べて住んでたの、覚えてる？」

「うん、あったな。段ボール村。今はもう取りはらわれてると思うけど」

「そう。今はもうないの。でも、あれってなかなか住み心地よさそうだったのよ。うまく段ボールで囲って、棚まで作って、なぜかお人形さん飾ってるオッサンも居た」

「ふふふ。でも、なんでまた、急に思い出したの？」

「あのね、ANAのビジネスクラスの客室――似てない？」

一瞬の間をおいて、たかゆきさんが高笑いした。

「似てるよ！　たしかに！」

そして、クックッ笑ってつけ足した。

「でも、浜本さんには聞かせられないなァ」

(真岡家の古くからの友人浜本さんは、もと全日空の重役さんなのである)

しかし、この高笑いを最後に、タクシーがワシントン市内に近づくにつれて、たかゆきさんは口数少なになっていった。私も、静かに、この生まれて初めてみる都に見入っていた。

「ワシントンはいい街だよ。ふーちゃんの好きそうな、キレイな所がいっぱいある」とたかゆきさんが言っていたとおりだった。大きな街路樹がふんだんにあって、その緑にうもれるようにして、古めかしいレンガ造りの洋館が(洋館なのはあたりまえだけれど)建っている。ほとんど古雅と言っていいような、ゆかしい趣の街である。

たかゆきさんの研究所も、そうした一角に、およそ「研究所」らしくないたたずまいで建っていた。

送別会は、着いた翌日の午後、研究所の食堂で催されたのだけれども、いわゆる社内食堂という感じではない。ちょっとしたレストランのようなしゃれた構えで、後に片寄せたテーブルに並べられた一口料理も、なかなか本格的なものであった。ここは、たかゆきさんが所長をしているときに大改良を加えたのだという。

たかゆきさんの挨拶は、いかにも学究肌の所長さんらしい、飾りけのない簡潔なものだった。

「私はこの研究所で四十二年間をすごしました。最初は一研究員として、最後は所長として。しかしその間、一つだけ変わらなかったものがある。それは、研究するということの喜びです。見当をつけ、仮説をたて、実験し、失敗し、また挑む——そのこと自体が喜びなのです。私はその喜びを、この研究所で皆さんと共に体験することができた。それを何よりの誇りとしています」

そうか。これはたかゆきさんの〝店じまい〟なんだ……。彼の研究者としての人生は、私のあずかり知らぬ「前世」だけれど、彼がそれを、誇りをもって全うしたということは、はっきりと伝わってくる。

そのあと彼は、現在の医療研究がこれまでにないスピードで進展していることを述べてから、この研究所が新所長グレッグ・ノーマン氏のもとで、この先も常にその先端を、最先端を走る者の自覚と責任をもって走りつづけることと確信しています、と言ってスピーチをしめくくった。

と思ったら、彼は、にわかに調子を変えて、今年の春入所してきた研究員のスティーヴン君に話しかけた。

「そう言えば、スティーヴン君、君とはこれが初対面だね。正直言って、変だなァ、と思わなかった？　今日は勤続四十二年間の前所長の送別会だって聞いてたのに、これじゃ、僕とおない年じゃないかって」

「ボクの方が老けて見えるかもって思いました」爆笑のなか、年にしては少し生え際が後退気味のスティーヴン君が答える。

「いや、実際、変てこな話なんだ。科学者が安易に『変てこ』なんて言葉を使っちゃいけないことは承知の上で、まさに変てことしか言いようがない。今から三年前、とっくに六十歳をこえた自分の体が、三カ月足らずの間に一気に二十代の体になってしまった――もしこれが、飼育中のマウスに起こったことだったら、この変てこ現象はノーベル賞につながるかもしれない、とこおどりして喜んだと思う。でも、それが自分の身に起きてみると、ただもう混乱と不安があるばかりだった。

その当時、皆さんも覚えていると思うけれど、ひと通り、遺伝子解析や血中ホルモンその他のデータを調べてみたけれど、原因は不明のままだった。これまで老化のメカニズムをつきとめる研究に生涯をささげてきたはずの人間が、いきなりただ若返ってしまって、その現象をなんとも解明できずにいる――これだけでも、一科学者として途方もない挫折感なんだけれど、それ以上に、一人の人間として、これは耐えがたい体験だった。誰もが、多少の差はあっても、時間と共に、一歩一歩老いてゆくという共通の大通りを歩いているのに、自分ひとりがそこからはじき出されて、変てこな時空の中を生きている。皆と同じカレンダーを使っていても、それはほとんど自分の上を素通りしていく、仮空の時間でしかない……」

だれ一人、身じろぎもせず、じっと聴きいっている。

「そんな奇妙な世界のうちにはまり込んでしまった私を、ミサコは力のかぎり支えてくれた。しかし、結局のところ、この変てこな現象は、私たちの幸せな家庭を引き裂いてしまった――今日ここに、当然来ているはずのミサコが居ないのは、そのためです」

そこでたかゆきさんは、なにか、五秒間の黙禱をささげる、といった趣で言葉を切った。

「昨年の秋、私はもう一度生き直す道をもとめて、祖国日本に帰りました。幸いにして、私が第二の人生をささげることのできる、やりがいのある事業を始めるめどがつきました。一口に言えば、老人がその生涯の最後の日々を最上の時間としてすごせるような施設の設立です。これは、いわば老いから見放されてしまった自分にとっての天職だという気がしています。

しかし、これだけでは私は生き直すことはできなかった。私は、日本で、或る一人の人物にめぐり会いました。彼女と出会ってはじめて、私は生き直すことができるようになりました」

そこでたかゆきさんは私の方を向いて呼んだ。

「ふーちゃん！」

ふーちゃんのことも紹介するからね、と聞かされてはいたけれども、こんなかたちでとは思っていなかった。できるかぎりさりげない顔をして歩み出て、彼のかたわらに立つ。

「まず最初に、ふーちゃん、君がいま何歳か、みんなに教えてもらえないかな」

私が（ちょっぴりわざと）顰蹙したように眉を上げて彼を見返すと、皆がどっと笑った。

「あ、すまん。これは紳士《ジェントルマン》が淑女《レディ》にする質問じゃなかったな」

「いいえ、全然お構いなく。私はいま七十三歳です。七十三歳と八カ月」

　驚きのどよめきが上がった。

「驚かれたと思います。僕も、最初に出会ったとき、彼女は二十代の女性だと思っていました」

「そして私は、彼がはたちのキュートな坊やだと思いました」とわきから私が口をはさむ。

「われわれがお互いの真相を知ったのは、ごく最近のことです。どちらも驚きました。実際、こんな偶然は、まさに天文学的な確率でしか起こりえません。もしこれが小説の中の話だったら、そんな絵空事、と笑って終わりでしょう。でも、これは現に僕たちの人生に起こった出来事であって、僕たちは二人共、感謝の念でそれを受け入れました。

　僕たちの不安と孤独は、二人が手をつなぐことによって消えてゆきました。ちょうど三週間前、僕たちは婚姻届を提出しました」

　ここでわき起こった拍手は、ごく自然に、しかも、何のためらいもなく起こった拍手だった。その拍手は、彼がこうつけ加えたとき、さらにいっそう大きな拍手となった。

「われわれは自分たち二人の医学的データをすべてこの研究所に提供します。そしてやがては、それが難病に苦しむ人たちを救うために役立つことを願っています。

　皆さん、本当にありがとう！」

そんなふうにして、たかゆきさんの「送別会」は、われわれの結婚披露宴をかねたような格好のものとなった。

結婚式なしに、ただ届出だけですませることは、少しも残念でなく、むしろ余計な煩わしさがなくて有難いとさえ思っていたのだけれど、こうやって皆に拍手され、おめでとうと言って乾杯してもらうと、素直にうれしい。花束も、（グレちゃんの配慮だったのだろうか）たかゆきさん用の送別会の花束のほかに、花嫁さんのブーケのような小さな白く美しい花束が、私のために用意されていた。

最後に会場を出るときは、全員がずらりと並んで、一人ひとり心のこもった握手をしてくれた。たかゆきさんは、めいめいにひと言ずつ言葉をかけて、ていねいに握手してゆく。そのさまを見ていると、彼がいかに皆に慕われていたかが解るのと同時に、彼にとって、この研究所がいかに大切なものだったかが解るのだった。


次の日は、朝から一日かけて、研究所で徹底的な検査をしてもらった。いわゆる人間ドックでするような、血液検査、ＣＴ検査の類だけでなく、自転車をこいだり走ったりする体力テストも含めた、文字通りの綜合テストだった。一日の終わりには、二人共、さすがにバテたね、という重労働だったけれど、久しぶりに思いっきり運動した爽快感から、気分は上々だった。腹ぺこになって、グレちゃんと夕食をとりながら、医学へのこういう貢献のしかたも悪くないもんだ、などという話がはずんだ。ただ、その中でミサコさんの話はなかなか出てこなかった。

たかゆきさんからは、グレちゃんがミサコさんの面倒を見てくれている、とだけ聞いているのだけれど、その「面倒を見てくれている」の具体的な中身については、たぶんたかゆきさんはあまり想像したくないだろうし、グレちゃんの方でも、話すのははばかられることだろう。まして、新妻が目の前に居るとなれば、彼女のことが話題にのぼらないのは当然である。

ようやく最後になって、ふーちゃんが、一度ミサコに挨拶しておくべきじゃなかろうかと言ってるんだけど、どんなもんだろう、とたかゆきさんがグレちゃんに尋ねると、一瞬、グレちゃんの顔にためらいの色がうかんだ。そして、次の瞬間には、そのためらいをふり捨てるようにして、うん、いいんじゃないか、という返事がかえってきた。時間はあすの六時。ちょうどごはん時にあたるけれど、私が、もうほんとに玄関口でご挨拶だけ、と言うのに対して、グレちゃんはただ黙ってうなずくだけだった。

次の日の夕方六時、たかゆきさんと一緒にその家を訪ねたとき、日はまだ高かった。

それはとても美しい――ワシントン郊外のなかでもとりわけて美しい住宅のならんでいるところだった。大きな木がしげった広い庭を、リスが尾をなびかせて走ってゆく。木のこずえでは、黒ツグミによく似た声の鳥が、複雑なメロディーをうたっている。

この美しい家と庭を、たかゆきさんはほぼ半年ぶりで目にするのである。いったいどんな思いで眺めているのだろう――そう思って、そっと彼の横顔をうかがうと、そこには感傷めいたものは何もなかった。ただかたく緊張した表情があるだけだった。

玄関のベルを押してしばらくすると、扉があいた。

そして、そこにミサコさんが立っていた。なにも言わず、黙って立っていた。

用意してきた挨拶の言葉は、のどの奥に凍りついたまま、一言も出てこなかった。

人が壊れるとこうなるのか……という姿をさらして、ミサコさんは立っていた。

その目はまっすぐたかゆきさんに向けられているのだけれど、たかゆきさんを見つめているのではない。大きく見開かれた目は、行き倒れになった死人の目が、誰も瞼を閉じてやる者がないまま、開きっぱなしになっている――まるでそんなふうである。ああ、早く、瞼を閉じてあげなくちゃ……と、たかゆきさんの方をふり向くと、その顔は蒼白だった。こちらは、黄泉国《よみのくに》に降り下って、亡き妻の「蛆たかれころろきて」腐り崩れた姿を見てしまった、イザナキの命《みこと》の顔、そのものである。

長く思えたけれど、その間は一分か二分だったのかもしれない。静かに扉がしまった。私たちは無言で、待たせておいたタクシーに乗った。たかゆきさんは顔をこわばらせて、懸命に吐き気をこらえている様子である。気がかりだけれど、どうすることもできない。私自身、いま見たミサコさんの姿に、横っ面を張られたような衝撃を受けていた。なんと自分たちは甘かったことか。きのう、おとといのはしゃぎぶりを思い出すと、恥ずかしくなってくる（往きの飛行機のなかで見た夢のことなど思い出しもしなかった――いや、あの夢の方がむしろましだったかもしれない）。

そうか、きのうグレちゃんが一瞬ためらったのはこれだったのか、と思いあたった。おそらく、本来ならば（たかゆきさんが内心願っていたように）いまはちょっと遠慮しておいてくれ、と言うべきところだったのだろう。それをひるがえして、今日来てくれと言ったのは、やはりこの連中にはミサコさんのいまの姿を直接見せておく必要がある、と思ったからに違いない。

ずっと後になって、グレちゃんから直接に聞いたところでは、これは一つのカケだったという。悪くすれば、我々と顔を合わせることで、ミサコさんの精神状態が致命的に悪化することもありうる。しかし逆に、これが起死回生の突破口となるかもしれない。グレちゃんはそちらに賭けたという（そして、そのカケは成功だったという話も彼から聞いた)。

しかし、この時、そんなことを知るよしもないわれわれは、ただ、いま見たものにうちのめされ、無言でタクシーに揺られていた。

ホテルに帰って、部屋の扉をあけるとすぐに、たかゆきさんは洗面所にかけ込んだ。中から、激しく嘔吐する音がきこえてくる。何度も、何度も、苦しそうにえずいている。

それを聞いているうちに、猛然と怒りがわきのぼってきた。今すぐ、ミサコさんをこの場にひっぱってきて、たかゆきさんの吐いたものの中にその顔を突っ込んでやりたい、という、野蛮で獰猛な怒りである。ミサコさんの方こそ気の毒で同情すべきなのだ、などということはこれっぽっちも思いうかばない。ただもう、ミサコさんの頭をつかんで、お前がこうさせたんだからお前がこれを全部食え。食わないなら口に押し込んでやる! という憤怒にたけりたつのみである。

と、その憤怒のさなかに、もしも本当にミサコさんをこの場にひったてて、たかゆきさんのゲロの中に顔を押し込んでやったら、イヤがるどころか大喜びでそれを食べるだろう、という考えがひらめいた。

とんでもない奇妙な考えだけれど、これはたぶん間違っていない。

ミサコさんは、あまりにも無防備に、自分の壊れてしまった姿をさらけ出していた。わざとそれを見せつけて、かつての夫を苦しめてやろう、というのですらない。ただ、三歳の子供のように無邪気に、無防備に、その姿をあらわしていた。

〈あたし、こわれちゃった……〉

あれはミサコさんの最後の甘えだったのに違いない。

もう二度と、自分を抱きしめて、背中をさすってなぐさめてくれることはできなくとも、たかゆきさんは必ず、いまの自分の姿を見て苦しんでくれる。それは、自分の受け取ることのできる唯一の、そして最後の愛の形である――それをミサコさんは直観していたのではあるまいか。

現に、いま彼は全身で苦しんでいる。内臓を全部吐き出しそうにして苦しんでいる。その、彼からの最後の渾身のプレゼントを、ミサコさんが喜んで呑み込まないはずがあろうか……。

やがて洗面所から、トイレを流す音がして、顔を洗って口をすすいでいるらしい水音もした。扉をあけて出てきたたかゆきさんは、少しさっぱりとした様子にはなっていたけれど、相変わらず血の気のうせた、うちひしがれた顔をしている。

「ひとごろしになった気分だ」

うめくようにそう呟いて、ベッドの端に腰をおろした。私は、そばに寄って上衣をぬがせてあげながら言った。

「あれはね、ミサコさんの最後の甘えだったのよ」

そう口に出してみると、あらためて、これは真実だ、という気がしてきた。本当に愛情が消えうせた夫婦の間では、こういうことは起こりえない。かつての夫が、自分のことを苦しんでくれるという確信があるからこそ、無防備に、自分の壊れた姿をさらすことができる。それはほとんど「信頼」と言っていいような何かであるに違いない。

「ミサコさんはね、あれをあなたに見てほしかったのよ。言葉だけの同情じゃなくて、あなたに全身で苦しんでほしかったの……。

苦しかったでしょ」

「ああ……。まだ体じゅうひきつれてる……」

「それがミサコさんへの一番の供養よ」

「ヘンな供養だな」

「何よりの供養です。

さ、シャツをぬいで、ベッドにうつぶせになって。アンマしたげる」

これまでも、新事業の計画で遅くまで細かい打ち合わせがつづいたあとなどに、たかゆきさんが首を回したり肩をたたいたりしているのを見て、肩や背中の指圧をしてあげたことが何度かある。「ふーちゃんはアンマの名人だ」と言われて、いささかの自信がある。私の手の下で、かたく凝っていた彼の首筋、肩や背中の筋肉が、しだいにほぐれてゆく。それにつれて、呼吸も深く、ゆっくりになってゆき、しまいには、すやすやと穏かな寝息になっていた。

そっと羽根ぶとんをかけながら、ああ、私はこの人を愛している、としみじみ思う。この三週間、人に愛される、ということの嬉しさ、楽しさを存分に味わってきた。でも、それでさえ、この「愛している」という実感にくらべたら、何ほどのこともない。愛する人がいる、というのは、なんと深くて力強い喜びであることか——胸がいっぱいになって、さっき彼が脱ぎ捨てたままの汗ばんだシャツの中に顔をうずめた。

最後の夜は、南北戦争直後の創業という古いレストランで、二人だけの夕食をとった。当時のままの狭い木張りの階段や低い天井が、素朴な趣で心地よい。

「ここはぼくのお気に入りでね」と言うたかゆきさんは、すっかりくつろいだ表情になっている。

「ミサコさんとも一緒に？」と、あえて聞いてみた。

「ああ、何度か来たな」と答える彼の様子も、ただ心安らかに懐かしんでいるふうである。少し暑い日だったので、二人共ビールにする。ジョッキをかかげながら、心に浮かぶままを口にした。

「たかゆきさんの前世に献杯！」

一瞬の間をおいてから、彼もうなずいてジョッキをかかげた——「献杯！」

「たしかに」と彼がジョッキを置いて言った。「この旅行は、ぼくの『前世』のとむらい旅行でもあったんだなァ、いろんな意味で。もちろん、第一には新婚旅行なんだけど」

その夜ホテルに帰ってから、私たちはしめやかに交わった。一つ一つの動作が、なにかささげもののような色合いを帯びていて、最後の瞬間は、文字通り「献杯！」であった。

彼は、しばらくじっとそのまま私を離さず、やがて「さあ、今度は新婚旅行のしめくくりだ！」と言って、まったく色合いの違う第二ラウンドに入っていった。

二人で一緒に富士山を見よう、という約束が実現したのは、結局、ワシントン旅行から帰って三日後のことだった。

二人そろってランニング・シューズをはき、二人そろって通用門から走り出すのは、それだけでもう、わくわくするような楽しさである。ちょっと体がなまってるかな、と、無理はせず、よく言う「おしゃべりしながら走れる」スピードで、ゆっくりと走った。

「あのとき最初、高校生の男の子が追ってきたのかと思った」

「まさか七十三歳のおばあさんが追っかけてたとは知らなかったでしょう」

「夢にも思わなかったな」

そんなおしゃべりをしながらゆっくり走っている内に、例の「名画」のスポットに近付いた。道路のわきに、工事の時に使う三角柱のポールがいくつも寄せてある。

「やな予感がしてきた」

「同感」

いやな予感は適中した。左へ曲がる、その曲がり道がすでに金網でふさがれて、施行業者と施主の名や工事日程を書いたプレートが下がっている。富士山の額縁をなしていた木立ちは、切り株をさらしている。

「なんと！」

しばらくは言葉もなく、その前に立ちつくしていた。

「私たち、半年遅かったら、出会うことがなかったのね」走り出してしばらくして、そう気がついた。

「ほんとだ。われわれ、この名画スポットの最後の恵みをさずかったんだな」

なんだか、花束でもおそなえしたい気分である。一キロほど静かに走ったところで、たかゆきさんが急に力強い声で言った。

「そうだ！　武蔵野館がいい」

「武蔵野館？　映画館？」

「それは新宿武蔵野館。こっちは成城武蔵野館だ。僕たちの病院の名前」

「あ、そうか！」

この間から、新事業の老人病院兼老人ホームの名前をどうしようか、と皆で頭をしぼっていたのである。あんまり年寄り臭い名前は願い下げにしたいし、かと言って（場所はすでに真岡邸の広大な敷地の三分の二ほどを利用することに決まっている）なにかいかにもセレブでございといったピカピカ・ネームはなおのこと避けたい。そのどちらでもないぴたっとした名が浮かばずに苦吟していたのである。

「このあたり一帯は、昔から、武蔵野の自然をめでる文人たちが集ってたところなんだ。今では、こんなふうにして次々に武蔵野が消えていくけど、家《うち》のまわりにはかろうじて武蔵野のおもかげが残ってる。そういう所で老後をすごしたいという人むけの館《やかた》——武蔵野館」

「すばらしいじゃない！」

「明日のミーティングで早速に提案してみよう」

こうして、私たちの〝第二の人生〟の舞台は、まさしくその出発点にちなんで名づけられることになったのだった。

(九) 成城武蔵野館

成城武蔵野館を開設して、あっという間に二十年がたった。

これは単なる言葉のアヤではないので、よく、年を取ると時のたつのが早くなると言う。一方で、毎日を忙しくすごしていると、これまた、あっという間に時がすぎ去る。われわれの場合はこの両方が重なって、あたかも特急列車に乗って時間の中をかけ抜けるごとくであった。「あっという間に二十年」というのは、まさに実感なのである。

と言っても、ただ平穏無事の日々だったわけではない。ちょうど病院をひらいた翌年の春から、世界中に新型ウィルスの感染がひろがって、日本でも多くの感染者と死者が出た。ことにこのウィルスは老人が感染すると重症化しやすく、いくつもの老人施設で集団感染がおこり、何人もの死者が出たのだった。

この時のたかゆきさんの対応はすばやかった。まだ政府も自治体も対策をうち出していない時期に、いち早く家族の面会を禁止して、そのかわりの「映像面会《リモート》」に切りかえた（これは今も、遠くに住んでいてなかなか面会に来られない家族に活用されている）。一方で通勤してくる職員たちの感染を防ぐため、自家用車を持たない者には専用のマイクロバスを調達して、それで通勤させ、もちろん院内では「ラボ並み」の厳重な消毒を義務づけた。出入りの業者たちも徹底した感染防止体制に従わせて、とうとう一人の感染者も出さずにのり切った。

われわれは、無理な延命治療はしない、ということを基本方針にしている。しかしそれは言いかえると、一人ひとりの患者さんが天寿を全うできるよう、力一杯のお世話をするということでもある。万が一にも、感染症で患者さんが亡くなるというようなことは、あってはならない。我々は全力をあげて、この感染症の流行から患者さんを守り抜こう――たかゆきさんは、その体制をしくにあたって、職員全員を集めて、そう宣言した。これで全員がピリッとして、よし、やるぞ、という気運がもり上がった。今思うと、なにかあそこで成城武蔵野館の背骨ができ上がった、という気がする。

私たち夫婦が本当の〝戦友〟になれたのも、あの時の経験を通じてだったと思う。私も、介護士の資格をとり、実地の研修もつんだ上で副理事長の肩書きをもらったのだけれど、最初のうちはまだ、その肩書きがボール紙で拵えた冠のようにぎこちなく頭の上に載っかっている、という感じだった。しかし、実際に〈患者さんを守る〉という目標にむかって力のかぎりに働いていると、そんな肩書きのことも忘れていた。そして気がつくと、われわれは、互いになくてはならぬ戦友同士になっていたのだった。

お母さまも、或る意味で戦友の一人だった。成城武蔵野館の開設と同時に入居したお母さまは、(自称「モニター患者」として)いろいろと役に立つアドヴァイスをして下さった。「患者になってみないと分からないことってあるのよ」というお母さまの言葉通り、そのアドヴァイスの多くは大いに役立った。

九十七歳のお誕生日が近付く頃、お母さまはにわかに食が細くなり、急に衰えていった。亡くなるときは、たかゆきさんと私が、お母さまの右手と左手をそれぞれに握りしめて看取った。その手の感触に、あの最初の日のことが思い出されて、ほろほろと涙がこぼれた。あのときも、たしか左手を、こんなふうにして両手で包み込んでいたのだった。


「『おくりびと』って映画があったじゃない」

「うん、あったな。いい映画だった」

「あれは、納棺夫の話だったけど、あたしたちもおくりびとの一種じゃない?」

そのしばらく後に、たてつづけに三人の患者さんを見送るということがあって、そんな話になった。

「そうだな。われわれが第一段階のおくりびと。あと、納棺夫にお坊さんがいて、最後が火葬場の隠坊《おんぼう》だな……。

そう言えば、こないだも火葬場で係員が帽子かぶってたろ。なんでだと思う？」

「なんでって――日よけじゃないことは確かよね」

「日が射すことはないもんね。あれは小学校の五年生頃だったかな。日なたで遊ぶときはちゃんと帽子をかぶって出ろって、うるさく言われてた頃だった。親戚の葬式で火葬場に行ったとき、不思議に思って父さんに尋ねた。なんであの人たち帽子かぶってるのって」

「そしたら？」

「『あの帽子はね、ぬぐための帽子なんだよ。それで形のキマリがつくんだ』って」

「なあるほどぉ！」

「名言だろ、『ぬぐための帽子』。すっかり気に入っちゃってさ。さっそく近所の子供たちと火葬場ごっこしてあそんだ。野球帽をさっとぬいでお辞儀して『お別れでございます』」――とたかゆきさんは実演してみせた。「ってやってたら、そんなこと遊びにするもんじゃありません、ておふくろにうんと叱られた」

「そらァ叱られるわァ」（その姿を想像して思わず笑ってしまった）

「こないだ、火葬場でそんなこと思い出してた」

そしてたかゆきさんは、実感をこめて述懐した――「われわれも時々〝ぬぐための帽子〟

が欲しくなることがあるなァ」

もうじき成城武蔵野館の開設二十周年、という或る日の夜、夕食後ふたりでのんびりしていると、たかゆきさんのスマホが鳴った。

「やあ、グレッグ」

久しぶりのグレちゃんからの電話に、彼の声がうれしそうにはずんでいる。しかし、すぐに、フム、フムとうなずきながら、深刻な顔になってゆく。しかも、いつもだと近くにいる私にまで話がつつぬけになるくらい大きな声なのに、グレちゃんの声がほとんど聞こえない。良いニュースでないことは間違いない。電話は三十分ほどつづいただろうか。

「オーケー、わかった。相談して折り返し電話する」と言って、たかゆきさんは電話を切った。

「グレに膵臓ガンが見つかった。ステージⅣだって」

「なんと！　ステージⅣってことは……」

「転移が広がってて手術はできない。抗ガン剤と放射線治療の組み合わせでいくしかない。それでも平均十カ月しか生き延びられない。この治療ばかりは、ここ二十年でほとんど進歩してないな」

「ミサコさんもこれから大変ね」

あのワシントン旅行の年の暮れ、二人からクリスマス・メールが送られてきて以来、毎年仲むつまじそうな二人の写真が送られてくる。ミサコさんも、ごく尋常に、年相応の姿にはなっているけれど、あの時の〝壊れてしまった〟姿はどこにも跡をとどめていない。グレちゃんがよほど心をこめて献身的に「面倒を見て」くれてきたからに違いない。今度はミサコさんが面倒を見る番である。

「大変だけど、これでようやく恩返しができるわね」

「それがさ、それどころじゃないんだ」

「ミサコさんもお悪いの？」

「体の方は、まあ、慢性心不全気味、という程度なんだけど、認知症がだいぶ進んでるらしい。家事はまったくできなくなっちゃって、昼と夜が逆転してる。時々、グレが誰だかわからなくなることもあるっていう。めったに弱音を吐かない奴なんだけど、そのグレが、正直、かなりまいってるらしい」

「それはもう、絶対、ひとりで抱え込んじゃいけないわ。しかもグレちゃん自身が……」

「そう。なんでも一人でやろうとする奴なんだけど、さすがに今回ばかりは物理的に無理だと悟って、それで電話してきたわけなんだ」

「じゃ、われわれのところに？」

「そう。アメリカにも、夫婦で入居して、一方はホスピス、もう一方は介護を受けられるっていう所もあるんだけど、グレとしては、ミサコを故郷に返してやりたいっていう気持ちがある。認知症のはじまる少し前に、一時期、しきりに日本に帰りたがっていたことがあったらしい」

「うーん、そうかァ」

「ただし、グレも、身内とか個人的つながりの深すぎる人間を受け入れることの厄介さはよく承知してる。その意味では太田先輩のところの病院を紹介してもらった方がいいかな、とも言ってるんだ」

たしかに、認知症の患者さんには妄想が出ることもある。それが過去の怨念と結びついたかたちで出たりすると、厄介なことにもなりかねない。万一、他の患者さんに被害が及ぶようなことになったら取り返しがつかない。副理事長の立場からすれば、懸念あり、と言わざるをえない。

でも、だからと言ってここで尻込みしたら、一生涯（それも、いつまで続くか、終わりの見えない一生涯）、悔いがついてまわるだろう、という気がする。二十二年前、ワシントンで「前世」の供養はすませたような気になっていたけれど、そんなに甘いものではなかったのだ。ミサコさんはたかゆきさんの大切な歴史なのだから、それもひっくるめて全部受け入れる、と大見得切って結婚したからには、ここで逃げるわけにはいかない。逃げたら女がすたる。

いや、単なるそうした意地の問題だけではない。これは、この二十年間で身につけた、われわれの知恵と技術のすべてが試される機会でもある。そこから逃げるのは敗北宣言にひとしい。

「引き受けましょう！」

「よし、決まりだ」

たかゆきさんもそっくり同じことを考えていたらしいのが、スマホを手に取る、その表情からうかがわれた。

考えてみれば、われわれは厄介なことを全部グレちゃんに押しつけて、自分たちだけノンキに「第二の人生」を楽しんできたのである。離婚手続きをなんとか完了させてくれたのもグレちゃんならば、あの〝壊れてしまった〟ミサコさんを受けとめ、甦らせてくれたのもグレちゃんである。言うならば、われわれは、ミサコさんへの彼の無限の愛情におんぶしたかっこうで、シレッとして生きてきたのである。「ようやく恩返しができる」というのは、まさに我々自身のセリフではないか――たかゆきさんが折り返しの電話をかけるのを眺めながら、そんなことを思っていた。

二人がやってくる日、たかゆきさんは成田までタクシーで迎えに行った。なるたけ二人から離れずにつきそっていられるように、敢えてタクシーにしたのである。こちらでも、念のため、到着時間に合わせて、病院の正面玄関に車椅子をまわして待機していた。

タクシーが正面玄関に横づけになると、まずたかゆきさんが降りてきて車椅子を受けとる。と、次に降りてきたグレちゃんを見て、思わず息を呑んだ。〝上野の西郷どん〟の面影はどこにもない。すっかりやせて、背の高さまで二割がた縮んだように見える。土気色の顔には深いシワが刻み込まれて、車椅子を断わる気力もなく、倒れ込むようにして腰をおろした。

たかゆきさんは次に、ミサコさんを抱きかかえて車椅子にすわらせた。きっと、すごく軽かったに違いない。やはり小さくちぢかんで、土気色の顔をしている。ふたりとも、まるで救出されたばかりの遭難者といった様子である。

やたらと大きなトランクを二つ、タクシー運転手がおろしてくれる。これは、いっしょに待機していた西村君にまかせて、たかゆきさんがグレちゃんの、私がミサコさんの車椅子を押して病室にむかった。

ひと晩たつと、二人ともいくらか生色をとり戻していた。いわゆる時差ボケが、かえってちょうどよくはたらいたのか、ミサコさんが夜中に起き出すこともなく、グレちゃんも久しぶりにゆっくり眠れたという。

ただ、どうしても気になるのは、ミサコさんの反応の乏しさである。一度しか会ったことのない——しかもほとんど目もくれなかった——私の顔を覚えていないのは当然として、たかゆきさんの顔を見ても、全くなんの反応もない。わざと知らん顔をしているというのではなくて、人との応対そのものが、極度に低下しているのである。「おはようございます」の挨拶にも、「気分はいかがですか」の問いにも、ただ曖昧にうなずくばかりである。

「うーむ」部屋を出て、たかゆきさんがうなった。「かなり進んでるなァ」

たしかに、われわれが予想していたより、だいぶ進んでいる感じがする。あれこれのトラブルを心配していた、そんな段階を通りこしてしまった印象すらある。

しかしこれまでも、入居したてで、新しい環境の変化にとまどって、こんなふうに反応が乏しくなってしまう患者さんは何人も見てきた。そして、そこから少しずつ、見るもの、聞くものへの興味をとり戻し、笑顔が見えるようになってゆく道のりをお世話するのは、(うまくいかないこともしばしばだけれど)やりがいのある仕事である。認知症そのものは治ることがなくても、その中で最大限幸せな日々を送れるようにするのが、われわれの使命である。

「そうだ、思いついたわ！　METプロジェクト――ミ《M》サコさんに笑《E》顔をと《T》りもどすプロジェクト。どう？」

「ああ、いいねェ。ぜひやろう！」


あのやたらに大きな二つのトランクの中身は、ほとんどすべてがミサコさんの衣類だった。着いた日の夜は、とりあえず病院の貸し出しパジャマを二人に着てもらったのだけれど、翌朝、着るものを選び出してもらおうとトランクを開けたらば、上品な色合いのスーツやドレスや普段着が、シワにならぬようキチンとたたまれてびっしりと詰まっていた。いまのミサコさんにこれだけの作業ができるとは思われないのだが……。

「これ、ミサコさんが荷造りなさったんですか？」と尋ねると、洗面所から出てきたグレちゃんが答えた。

「いや、ボクが詰めました」

こともなげな答えだったけれど、この丁寧なつめ方をみていると、まさに、「心づくしの」という言葉がふさわしく思われる。自分がミサコさんにしてやれる最後の献身――そんな思いで一つ一つを詰めていったのに違いない。

「中身をクローゼットに移してよろしいですか？」

「それは有難い。たのみます」

成城武蔵野館は、病院を兼ねているといっても、入居者の方たちにできるだけ普通の生活をしてもらうようにしている。特に具合の悪い人以外は、朝起きたらちゃんと着がえてもらう。だから、各個室にはけっこう大きなクローゼットがついている。しかもこれは二人用にも使える個室だから、クローゼットも二倍の大きさなのだけれど、ミサコさんのワードローブはそこからもはみ出してしまいそうな豊かさである。

「とてもシックな良いお洋服ばかりですね」

ハンガーにかけながら、二人にむかって話しかける。

「今日はどれにいたしましょうか」

ミサコさんの視線が、はじめて、焦点の合った視線になって、ハンガーにかかった服の方に向けられる。グレちゃんが、そこから三つばかりより出して、結局、淡いブルーのセーターと、色の合った格子柄のスカート。それに合ったストッキングが選び出された。

「どうぞゆっくりお着がえ下さい」と言って部屋を出ながら、グレちゃんがこっちに居る間に、教えてもらっておくことが沢山ありそうだな、と思った。

たかゆきさんは、グレちゃんもここで一緒に暮らしながら治療を受けたらどうだ、とつよくすすめていた。膵臓ガンの治療に関しては、日本はアメリカにまさるとも劣らない実績があるし、自分たちのところは、大学病院と連携して、末期ガン患者のホスピス介護も多く手がけてきた。最後の日々を、ミサコと一緒にゆっくりすごすのもいいじゃないか、と言葉をつくして説得していたのだけれど、とうとうグレちゃんは首をたてに振らなかった。

「あいつも頑固な男だからなァ」とたかゆきさんはため息をつく。

「ミサコには、自分の死んでゆくところを見せたくないって頑張るんだ。あいつ、恰好つけやがって」

わざと乱暴な言い方をする彼の目のふちが赤くなっている。

私も、同じ話を、グレちゃん自身から、ただし、少し違った言い方で聞いていた。

グレちゃんからはいろいろと聞いておきたいことがあったので、ある日の午後、お昼寝中のミサコさんを残して（昼夜逆転はいまはほぼ直っていて、「お昼寝」はむしろ心臓の負担を軽くするためのものである）グレちゃんを庭に連れ出した。

「ここの庭はいつ見てもいい。名前の通り、ムサシノの面影がありますね」

庭のベンチに腰をおろしたグレちゃんは、木々を見上げて、いかにも日本通らしく、そう言った。(彼にはここの名前の由来も説明してある)

「ワシントンの庭と違って、リスはいませんが」

「そう、あの庭ともちょっと似てますね」

というグレちゃんの言葉のあと、しばらくの沈黙が流れて、私は前々から尋ねてみたかったことを聞いてみた。

「たかゆきさんは日本に帰国するとき、ミサコさんのことをどんなふうに頼んでいったんですか? いろいろ詳しく説明してました?」

「いや、ただ一言、『ミサコの面倒を見てやってくれ』と、それだけです」

「たったそれだけ?」

「男同士の約束なんて、そんなもんです。そもそも、あれだけ仲のよかった妻をおいて、ひとりで帰国する。しかも、その妻に憧れつづけている男に『面倒を見てやってくれ』と言って頼む――説明の言葉は必要ないですよ」

「うーむ」なにか、異文化の世界をのぞき見る思いがする。

「その時は、正直言って、嬉しいというより、責任感におしつぶされる思いでした。

タッカーに見捨てられたとなったら、ミサコさんが壊れてしまうことは目に見えていた。

現に、タッカーの父親の葬式に出るため帰国して、離婚届の書類をもって帰ってきたときは、まっ青になって震えてました。見るのもイヤだからどこかにしまって、と私に預けたんです。

その時はまだ、そうして目の届かないところに置いておくうちに、タッカーも気がかわって、そんなものは必要なくなるかもしれない、という一縷の望みがあったんだと思う。ところが、三月のなか頃になって、タッカーから催促の電話がきた。どうしても再婚したい女性がみつかったから、ミサコさんの署名と判をもらってくれというんです」

「なんて残酷な……」(「ひとごろしになった気分だ」っていう彼の言葉は本当にその通りだったんだ)「でも、その女性って、私のことよね?」

「その通りです」とグレちゃんは静かに私を見返した。「でも、だからと言って気に病むことはありません。あなたは何も知らなかったのだし、そういう残酷物語なしにすむ人生なんてありませんから」

そんなことはなんにも知らずに、私は〝上野の西郷どん〟に冗談を言って大笑いしたりしていたんだ……。あのとき、たかゆきさんが私を大急ぎで厄介ばらいしたのは、たぶん、私を共犯者にしないための気遣いだったに違いない……。

「そのニュースは完全にミサコさんをうちのめしました。いまでも、離婚届に判を押して署名するときのミサコさんの様子が目に浮かびます。まったく無表情で、ロボットが署名しているみたいでした。私も保証人として署名しましたが、まるで死刑執行の命令書に署名する法務官になった気分でした」

私はただ、言葉もなくそれを聞きながら、あの春の華やいだ日々を思い出していた。知らぬが仏とはよく言ったものである……。

「しばらくは、ひどい鬱状態がつづきました。ベッドから首もあげられない、という日がつづいて、ものも食べられず、すっかり痩せてしまった。そこに、タッカーから、今度の結婚相手は、彼と同じ〝障害者〟だと分かった、という電話がありました。すごく嬉しそうな、晴れ晴れとした声でした。それで、彼女にもそのことを伝えてみたら、奇妙なことに、これが立ちなおるきっかけとなりました。

どうやらミサコさんは、自分がタッカーを拒絶したことで結婚が破綻をきたしたんだ、という自責の念に苦しめられていたらしい。それが、〝障害者〟同士で結婚することになったと聞いて、なにか落ちつくべきところに落ちついた、という感覚が芽生えたようなんです。

それでも、あの時の訪問をオーケーしたのは大きなカケでした」

「ええ、ためらってらしたのが分かりました」

「あの時ご覧になったとおり、ミサコさんはまだまだ万全の調子ではなかった」

「万全の調子でない、どころか、いちど完全に壊れてしまった人の顔でした」

「その通りです。実際、せっかく治りかけていたのが、また崩れてしまう怖れもありました。でも、私は彼女の底力を信じていた（グレちゃんはSOKOJIKARAとそこだけ日本語を使った）。カケは成功でした。お二人が帰ったあと、彼女は私の胸に飛び込んできて、大声で泣きました。それまでの半年間、胸の中につもりつもったものを全部洗い流す勢いで、泣いて、泣いて、泣きました。そして泣き終わったときには、もとのミサコさんが甦り始めていました」（そうか、あの日二人は、それぞれの仕方で、吐き出すべきものを吐き尽くしたんだ……）

「でもそれは、あなたのおかげですね。あなたがそこに居て、ミサコさんを抱きしめてあげたからこそ、ミサコさんは甦ることができた……」

「そう思いたいですね」とグレちゃんはにっこりした。「僕にとっても、本当に嬉しいことでした。でも、その嬉しさは、これでタッカーとの約束をちゃんと果たすことができる、という嬉しさでもあった。いや、実際、男と男の約束ってものは、とても大切なものなんですよ」

「そして今、無事に約束を果たしたあなたは、預けられた宝物を、もう一度われわれのもとに返そうとしている」

「その通り。手遅れでないといいんですが」

「大丈夫。もう一度ミサコさんの笑顔をとり戻してご覧に入れます。お約束します。でも、そうすると、あなたご自身はやっぱり予定通りにご帰国？」

「はい、そのつもりです。

彼が僕をひきとめようとしてくれてるのは、本当に有難いことだと思ってるし、とても嬉しい。ただ、彼と僕とでは、一つ大きく違うところがあるんです」

「どんなところが？」

「タッカーは、自分の愛する女性に看取られて死にたい男です。ところが、僕は、一人でひっそりと死んでいきたいし、それで満足なんです」

そう言って彼は、スティーヴンソンの詩「レクイエム」の一節を口ずさんだ。

「Home is the sailor, home from sea,
And the hunter home from the hill.」

これは私も大好きな詩で、ことにこの最後の一節がいい。「ここに船乗り、海より還《かえ》る。ここに狩人、丘より還る」——広く世界中を旅し、さまざまのことをなし終えて、いまや静かに帰郷して骨をうずめようとする人の、自らの墓碑銘の詩である。

「よく解ります」と言って私は立ち上がった。「ミサコさんのことはご心配なく」

われわれはゆっくりと建物の方に向かった。

「そう言えば、お二人が提供して下さった医学データは、これまでも幾つかの治療に役立ててきましたし、定期的に送っていただいているデータも分析の材料にしています。そこから推測できるのは、たぶんこの〝障害〟は永遠に続くものではなくて、いずれどこかで解消されるだろう、ということです。その時期は、もしかするとそう遠くない未来かもしれない……。その時には、ぜひタッカーをしっかり看取ってやって下さい」

私は立ちどまって、がっちりとグレちゃんの手を握った。

「お約束します。男と男の約束です！」

予定通り、一週間後に、グレちゃんは国に帰っていった。たかゆきさんが、今度は自分の車で、彼を成田まで送っていった。

部屋の戸口でグレちゃんを見送るミサコさんは、淡々としてはいたけれども、最初の朝のような無反応というのではなかった。ミサコさんをかたく抱きしめるグレちゃんを、自分でもしっかりと抱きしめていた。これが今生のお別れになるのだ、という意識はなかったとしても、グレちゃんから伝わってくるなにかが、ミサコさんの顔の上に、しんみりとした表情になってあらわれていた。

すでにこの一週間、いつも私がつきそっているのに慣れたせいか、グレちゃんが居なくなって私ひとりになっても、ミサコさんに不安の色はない。いまの見送りの情景を見ても、ミサコさんは確実によみがえり始めていると言える。グレちゃんとの〝男の約束〟を果たす自信が、少しずつ芽生えてきた。

最初にほほえみの兆しが見えたのは、数日後のお茶の時間だった。

できるだけ普通の生活の時間がとり戻せるように、お茶の時間は、茶飲み友達よろしく、私もいっしょにお茶とケーキを楽しむことにしている。その日は、ミサコさんの好物の一つだったというシブーストを買ってきてみた。これはほんとになかなか美味しい。思わず顔がほころんで、「おいしいですねェ」と言うと、ミサコさんの顔にも、ほとんどほほえみに近い表情がうかんで「ええ、おいしい」という返事がかえってきた。

なんだか、少しさびついた感じの声ではあるけれど、間違いなく会話がなり立っている。こおどりしたいような気分で、それでも用心深く「お茶のおかわり、差し上げましょうか？」と言ってみると、「ええ」と茶碗をこちらに押し加減にする。返事は短いけれど、明らかに「会話」である。

考えてみたら、ミサコさんの声を聞くのは、これが初めてである。もしかすると、日本に帰ってきてから、はっきりと声を発したのはこれが初めてだったかもしれない。声が少しさびついて聞こえたのも無理はない……。

そこではっと気がついた。ミサコさんにとって日本語を話すのは、本当に久しぶりなのではあるまいか。帰国してからも、グレちゃんの居るあいだは、われわれも英語ばかり使っていた（グレちゃんは、挨拶ていどはできるけれど、ふつうの会話を日本語でできるほどではない）。日常の話しかける言葉が全部日本語になったのは、ほんのここ数日のことなのである。もしかしたら、ミサコさんのなかで、日本語が甦るのと、会話が甦るのとが、いっしょになっているのかもしれない。

「ねえ、たかゆきさん」と夕食のとき、尋ねてみた。「家でミサコさんと話すとき、いつも日本語だったの？」

「もちろん」

「完全に？」

「完全に。チャンポンになるってことはないね。なんて言ったらいいかな、頭の中に日本語の部屋と英語の部屋があって、どっちかの部屋に入ったら、なんにも考えずにその部屋の言葉を喋ってる——そんな感じだな」

たしかに、たかゆきさんがそういう感じで喋っていたのは、ワシントンの送別会のスピーチを聞いていてよく解った。目をつぶって聞いていると、完全にアメリカ人――ではなくて、アメリカに来ている英国人――が喋っているみたいだった(彼の話では、中学一年生の夏休み、お父様の友人の英国人に、一夏かけて徹底的に英語とジェントルマンの心得を叩き込まれたのだという)。

「じゃ、ミサコさんもそういう感じだったのかしら」

「おそらくね。彼女も外では完璧な英語を喋ってた。家では完全に日本語。あ、ただね、僕のことは、むこうの連中と同じく、タッカーって呼んでた」

「タッカーって、なんだか鬼軍曹みたい」

「そうそう。軍隊じゃ姓で呼ぶからね。でも、だから『タッカー』は気に入ってるんだ。だってさ、大の大人がジミーだトニーだって呼び合えるかって」と彼は笑った。

そうか、「日本語の部屋」か――今のミサコさんは「日本語の部屋」を少しずつ手さぐりしているところなんだ。

そう気がついてみると、いま自分たちのやっていることを、そのまま着実につづけていけばいいのだという自信がわいてきた。もともと成城武蔵野館では、自分からは話せなくなっている患者さんにも、つねにていねいで気持ちのよい言葉をかけることを全職員に心がけてもらっている。そういうところですごしていれば、「日本語の部屋」が自然に息を吹きかえしてくることは間違いない。

いや、それどころか、今こうやって日本に居るということ自体、何よりのクスリなのかもしれない。

以前、一年間英国に留学していた友人から面白い話を聞いたことがある――「ねえ、ふつう道を歩いてて石を踏んでも、いしを踏んでる、なんて思わないでしょう？　それがね、イギリスに行って大学の近くの小道を歩いていたら、いきなり、自分が踏んでるのがいしじゃないんだって気付いたの。いま自分が踏んでるのはstoneなんだ。一度も『いし』なんて呼ばれたことはないんだって――すっごく変てこな感覚で、頭がクラクラする感じだった。でも、なぜか次の日から、ホームシックになっちゃった」

もしかすると、ミサコさんがしきりに日本に帰りたがっていたというとき、彼女も、同じ感覚に襲われていたのかもしれない。住みなれたワシントンの街の、石がいしでなく、木がきでないことに気付いてしまったのかもしれない。そして、認知症と見えたのは（実際にそれもあったのだろうけれど）遅ればせのホームシックだったのかもしれない……。

グレちゃんから、庭のない家に移ってからのミサコさんは公園ですごす時間を楽しみにしていたと聞いて、一日一度はかならず庭の散歩に出るようにしている。車椅子の散歩ではあるけれども、庭に出るとたんに、ミサコさんの顔が生き生きとしてくる。ここでは、木はきだし、微風はそよかぜだし、お日様はおひさまとしてふりそそいでいる。それを胸いっぱいに吸い込んでもらっているだけでも、ミサコさんの内の「日本語の部屋」は生気をとり戻してゆくに違いない。私が、車椅子を押しながら、「あ、クルマユリが咲き始めましたよ」とか「今日はオナガがにぎやかですね」と話しかけると、それに対する受け答えが、日一日と、適確で生き生きしたものになってくる。今ではお茶の時間にちょっとしたお喋りが楽しめるようにさえなってきた。

ただ、問題はミサコさんの健康状態である。本来なら、庭の散歩は、ゆっくりでも自分の足で歩いてもらいたいところである。その方が武蔵野の自然を味わってもらうのにも良いし、認知症の症状改善にも役立つ。慢性心不全にも、軽いものならば、ゆっくりの散歩はかえっておすすめなのである。

ところが、入居時の健康診断で、ミサコさんは「慢性心不全気味」などというものではなく、相当すすんだ心不全状態だということがわかった。血液を送り出す心臓のポンプ機能が大幅に低下して、肺に水がたまり、血中酸素濃度も低くなっている。

「まずはゆっくりとβ遮断薬《ベーター・ブロッカー》を使ってみますか。それと利尿剤ですね」

「うん。あとは運動制限——そんなところでやっていくしかないな」

今野医師とうち合わせをしているたかゆきさんの顔が、いつもと違って〝家族の顔〟になっている。そして、その表情からして、安心できる状態でないことは間違いない。METプロジェクトは順調に進行中とは言っても、残された時間には限りがある。あせってはいけないけれど、どんどんすすめてゆかなければならない。

成城武蔵野館には美容室がある。

これは、企画の段階で、私が大いに主張して設置してもらったものである。太田先輩のところにそろってお話を聞きに行ったときにも、もしそれだけの贅沢をする余裕があったら、ぜひおやりなさい、と励ましてもらった、自慢の一室である。

とにかく女性はいくつになっても美しくなることに関心がある。関心のなさそうな人でも、美しくなると、正直に元気になる。

「そしてね」と太田先輩はいたずらっぽく目をキラめかせた。

「もう一つ大事なのが、イケメンの若い男性をそろえること」（当時は、まだ「イケメン」なんていう言葉が生きていたのである。懐かしい！）「年配のご婦人方は、見目うるわしい男の子たちがいると、とたんに元気になって、せっせとリハビリ室に通うし、服や美容にも気を使うようになるし、効果絶大。そうだ、美容室と若いイケメン男性の組み合わせ、おすすめだなァ」

そう言ってから太田先輩はたかゆきさんの顔をあらためてまじまじと眺めた。

「あ、そうだ! マオカ君なら、君自身が陣頭指揮を取れるな。こりゃあいい!」

「ええェ! 勘弁して下さいよ」

たかゆきさんが顔を赤らめるのを見たのは、あとにも先にも、その時だけだった。でも、結局のところ、いざ病院をひらいてからは、中学一年のとき叩き込まれた「ジェントルマンの心得」を活用して、女性患者さんの活性化に大いに貢献しつづけているのである。

美容室には、開設当時、ちょうどビューティーパーラー・ウエハラを後輩にゆずって引退したばかりの上原さんが、週に三回、来てくれた。十年ほどつづけてくれた後は、その後輩、熊沢さんが同様にして引き受けてくれている。私も、上原さんに特訓を受けて、シャンプー・ブローは上手にできるようになった。

自分で実際にやってみると、これはまさに介護の心得《コツ》そのものである。優しく、しかも断固とした自信をもって、というのがそのコツであって、それが身についていると、シャンプーひとつで、患者さんの心身がやわらかくほぐれてリラックスする。これまでにも、シャこの〝シャンプー療法〟は多くの患者さんの状態改善に役立ってきたのである。今回、もちろん、ミサコさんのシャンプーは必ず私が担当する。

香りのよいシャンプーをよく泡立てて、頭皮をほどよくマッサージしながら洗っていると、なんだか自分がたかゆきさんになって、ミサコさんの髪を洗っているような、奇妙な錯覚に襲われる。ミサコさんがすっかりリラックスしてこちらに体をあずけているのが伝わってくるので、なおのことである。「おい。ミサ公、気持ちいいかい？」なんていうセリフまで頭の中にひびいてきて、これはほとんどアブナイ妄想と言うべきであろう。

いや、もしかすると、このアブナイ妄想こそが私の本音なのかもしれない。そもそも私がこんなふうにして一生懸命ミサコさんの世話をしているのは、ただ単に〝METプロジェクト〟を成功させてやろう、という意地からではない。そこには、グレちゃんの話を聞いて、いわば罪ほろぼし、というところもあるし、彼との約束をしっかり果たそうという義務感もある。またもちろん、たかゆきさんを喜ばせたい、という気持ちも大きい。でも、それ以上に、私自身がなかばたかゆきさんになり切って、なんとかして〝俺のミサコ〟を甦らせたいと願っている——なんとも奇妙な話だけれど、それが柱になっているのは間違いない（これぞまさしく〈夫婦は一心同体〉と言うべきか）。

さて、いよいよ美容室に本格的に活躍してもらうべき時がきた。

しばらくミサコさんの体調のよさそうな日がつづいたので、熊沢さんに予約を入れた。ミサコさんの髪はほどよく自然のウェーブがかかっているので、上手なカットだけで美しく仕上がる。更にその日は、頬にうっすらと紅をはいて、口紅もひき、目元と眉毛もめだたぬようにメイク・アップをしてくれるように、と頼んである。その日のミサコさんの衣装は、ご自身でもいちばんのお気に入りらしい、ペール・ブルーのスーツである。上衣の白いパイピングが効いている。アクセサリー・ボックスからは、ぴったり同じ色のイヤリングを選び出した。

仕上がりは素晴らしかった。大使館のレセプションに臨む大使夫人、といった気品あふれる美しさである。熊沢さんも、いつも患者さんたちを励ますために言うお決まりのセリフが出てこなくて、ただ「ホントにお綺麗！」と言うばかりである。ミサコさん自身も、鷹揚に「ありがとう」と言うなかに、満足のさまがうかがえる。

「そうだ、理事長さんに見せびらかしに行きましょう！」(彼には、この時間、かならず理事長室に居るように、と厳命してある)

ミサコさんも、まったく異議なし、というように立ち上がる。太田先輩の予言どおり、院内で、理事長さんに会えると聞いて喜ばない女性患者はまずいない。ミサコさんも例外ではないのである。

理事長室のドアをノックして、「こんにちわァ」と二人いっしょに中に入る。机にむかって書類を見ていたたかゆきさんが、こちらを見てハッと驚き、次に「とびっきりの笑顔」を見せて立ち上がった。

「きれいだ!」

彼の「とびっきりの笑顔」は、あらかじめ頼んでおいて出てくるものでないことを、私はよく知っている。だからこの作戦の詳細は彼には知らせずに、不意打ちをくらわせたのである。ひとたび彼が「とびっきりの笑顔」を見せれば、それに抵抗できる女性はまずいない——私の作戦は見事にあたった!

たかゆきさんの前に立つミサコさんの顔に、ちょうど鏡うつしにしたような、とびっきり笑顔がうかんだ。ほんの一瞬のことながら、半世紀以上まえに、二人はこんなふうに笑顔を交わしたんだろうな、と思わせるような情景だった。

「そうだ、そのステキな姿をグレちゃんにも送ってやろう」と言って、まだ笑みの残っているミサコさんを、彼はすばやくスマホで撮った。

理事長室をあとにしてからも、ミサコさんの笑みはつづいていた。ただ、部屋にもどると、これまで見なかった表情がうかんでいて、それは、なにか考え込むような、何かを思い出そうとするような表情だった。

「ふーちゃんが最初METプロジェクトなんて言ったときには、夢物語だと思ってたけどなァ」

その夜、寝床のなかでたかゆきさんはしみじみと述懐した。

「もう一度ミサコのあんな笑顔が見られるとは思わなかった」

「私も、ホントはそれほど自信があったわけじゃなかったの。あんなにうまくいくとは思わなかった。ミサコさん、すっごくキレイだったでしょ」

「うん。キレイだった。――グレの奴も喜んでくれるだろうな」

と言っているところに、たかゆきさんのスマホがメール受信を伝えた。

「ん。グレからだな」とにやにやした声でスマホを取ったたかゆきさんが、すぐにはっと体をこわばらせて画面に見入り、無言でそれを私に渡した。それはグレちゃんの甥からのメールで、彼が昨日亡くなったこと。結局抗ガン剤治療は受けずに、もっぱら鎮痛の手当てだけを受けていたこと。たかゆきさんとミサコさんのことは聞いていて、もらった画像はプリント・アウトしてお棺の上に置いたこと、などが記されていた。

「やさしい甥ごさんね」

「ああ。グレの奴、棺の中から見てくれてるといいな」

「ほんと」と言ってから、思わず彼の吟じていた一節が口をついて出た。「Home is the sailor, home from sea,」

「And the hunter home from the hill. あいつ、帰りがけの車のなかでも、これを口ずさんでやがった。詩を口ずさむなんて柄にもないくせに……。Home is the sailor, home....」

たかゆきさんの言葉は、嗚咽のなかに呑み込まれ、私たちは、抱き合って涙を流した。

翌朝、ミサコさんは昨日の反動からか、少し疲れた顔をしていた。朝食の席で、「グレちゃんの甥ごさんから、昨夜メールがありました」と言ってみると、「グレちゃん？」と心あたりのなさそうな顔をしている。

「はい。ミサコさんをここに連れてきて下さった方、グレッグさん」

「グレッグさん、ねえ……」とミサコさんはちょっと考え込むような表情である。

「その方がお亡くなりになったらしいです」

「そうなの……」

考え込むような表情が、しんみりとした表情に重なって、その日のミサコさんはいつもより口数が少なかった。

その後も、ミサコさんがなにか考え込むような顔をしているのを、時々見かけるようになった。そして或る時、これまでとは全然違った声で、こんなことを語り出した。

「なんだかねえ、とても大事なことが、どうしても思い出せないの。

とっても大事なことなのに……。もう、すぐそばまで来てるのに……。思い出せないの」

思わずミサコさんの両の手を握って答えていた。

「思い出せますとも。かならず思い出せます。お手伝いいたします！」

そう答えながら、私は、いまや時が至った、と確信していた。

実は、先日のMETプロジェクトの大成功も、私にとっては、まだ本当の目標達成にはほど遠かった。たかゆきさんは大喜びしてくれたけれども、あの笑顔は、単に彼の「とびっきりの笑顔」がひき起こした反射的な笑顔であって、たかゆきさんをたかゆきさんと認めて破顔微笑したのではなかった。

本当に、もう一度二人を出会わせること。これが私の最終目標なのである。

そして、そのためには、彼自身の協力が不可欠となる……。

その日の朝、いつもは私が部屋に入っていってカーテンを開けるのだけれども、私は入口にひかえていた。

いつもの白衣姿ではなくて、ワシントンの自宅でよく着ていたという、ちょっとよれっとしたチェックのシャツを着たたかゆきさんが、つかつかと歩み入り、大きくカーテンを開けた。朝日がいっぱいに部屋にさし込む。ミサコさんが目をあけたのを見て、たかゆきさんが声をかけた。

「やあ、ミサ公、おはよう！」

空ぶりかな、と一瞬、おもった、次の瞬間、かがやくような笑顔がミサコさんの顔にうかんだ。「なんだかすばらしい奇跡を目撃したような」という、まさにそんな笑顔とともに、悲鳴に近いさけび声があがった。

「タッカー！」

「ミサコ！」たかゆきさんがかけ寄って、彼女の伸ばした両腕のあいだに頭をうずめる。

「来てくれたのね！　来てくれたのね！」

ミサコさんが歓喜の笑顔でたかゆきさんの頭をかきいだく。

「もう、どこにも行かないよ。ボクはいつもここに居る」

朝日のさし込む光のなかで、二人がじっと抱き合っている……。

やったぜ！　という達成感——というより、なにか美しいものを見た感動、の方が大きい。そして、そこにツキーンと一筋、クッソゥ、妬けるぜ！　という思いが突き刺さっている。でも、それこそがまさに成功の証《あかし》なのである。

その夜、たかゆきさんがしみじみと言った。

「ふーちゃんは、ほんとに、奇蹟の人、だな。奇蹟をほんとに起こしたもんな」

「私ひとりじゃないわよ。ミサコさんも、ほんとに頑張ったの。なにか『とっても大事なこと』を、なんとかして取り戻そうって、力をふりしぼって――取り戻したんだわ」

「そうか。ミサコも……頑張り屋さんだからなァ」

「それに、グレちゃんも、あの世への道すがら、ちょこっと背中押してくれたのかもしれないわね。

あー、でも妬けたなァ、あのシーン！」

「こんな、シーン？」とたかゆきさんは私の胸の間に頭をうずめた。「でも、こんなことはしなかったよ」と言って、私のネグリジェの前をはだけて、胸の先を吸った。「それからこんなことも」「あと、こんなことも」……。

そしてたかゆきさんは、「クッソゥ、妬けるぜ！」の埋め合わせを、十二分にしてくれたのだった。

あの奇蹟の一瞬は、あくまでも〝奇蹟の一瞬〟であって、そのまま永続きするものではあるまい、という私の予感は、或る意味ではそはずれ、或る意味ではあたった。

次の朝も、たかゆきさんが部屋を訪れて「おはよう、ミサコ」と言うと、輝く笑顔で「おはよう」という返事がかえってきた。たかゆきさんを見つめるミサコさんの顔には、彼こそが「とっても大事なこと」そのもので、それをついに取り戻すことができた、という喜びがあふれていた。そしてそれは、その翌朝も、翌々朝も、かわることなく続いていった。

しかし、あの奇蹟の一瞬に、わずかに残されていた体力が燃焼しつくされてしまったかのように、ミサコさんの衰えは一気に加速した。朝、目をさましても、洗面所に行くのがやっとで、着がえる体力がない。食事も、ベッドの上でとるようになって、食べられる分量もほんのわずかになってしまった。

それとともに、一時期はずいぶん回復していた会話も、ほとんどなくなって、ただ、「ありがとう」とか「おはよう」といった挨拶だけになってしまった。もっとも、それはむしろ、その必要がなくなったから、と言えるかもしれない。もう「とっても大事なこと」は思い出して、取り戻したから、あれこれ言葉を使って思いめぐらす必要もない──そんな感じなのである。朝だけでなく、少しでも時間があくと、たかゆきさんは病室を訪れる。すると、そのつど、ミサコさんの顔にぽっと灯がともる。二人は目を見交わし、手を握る。そこに言葉は要らないのである。

今では、それを見ても、嫉妬のトゲが心に刺さることはない。ただ、一日でも長くこれが続きますように、という切実な願いがあるばかりである。

たかゆきさんも私も、ここ数日、ミサコさんの顔が〝安らかな顔〟になっていることに気付いていた。単に、思い出すべき「とっても大事なこと」が思い出せて安心した、というだけではない。これはまさに、〝安らかな顔〟と呼ぶほかはない独特の顔で、これまでにわれわれは何度も、死期の近い患者さんにこの顔を見てきたのである。

この顔があらわれると、ご家族に連絡をして、だいぶ衰弱されてきています、と伝えておく。家の近いご家族は、たいていすぐに訪問に来られて、その翌日亡くなる、などということもしばしばである。第一段階の「おくりびと」としては、その〝安らかな顔〟を見て取ることは、大切な役目なのである。

ミサコさんの場合、伝えるべき血縁者は、姫路にいる甥と姪の二人で、グレちゃんから連絡先は聞いてある。そして、われわれ自身が、もっとも近い「ご家族」である。

あの日からの一週間、ミサコさんは日一日と衰えていった。

激しい雨のふる夜中、夜勤の看護師さんから電話があって、ミサコさんの状態が急変したという。大急ぎで、傘をさすのももどかしく、ビショ濡れになって庭を横切り、病室にかけつけると、ミサコさんはまさに最後の息を引きとる瞬間だった、たかゆきさんは、その最後の息を吸い込むようにして唇をつけた。髪からポタポタ落ちるしずくが、雨のしずくなのか涙なのか見分けのつかないまま、ミサコさんの顔をぬらした。

翌日、姫路から姪ごさんがかけつけ、我々とともに家族葬をすませて、次の日、お骨をもって姫路に帰っていった。

四十九日の納骨の日には、われわれ二人して、姫路の澤田家の墓前にお参りをした。よく晴れた秋の日に、遠い姫路城がくっきりと見える。

「姫路はいいところですねえ」と姪の尊子《たかこ》さんに言う。

「そうなんですよ。その昔、榊原の殿さまが雪深い越後の高田に左遷になったとき、上級の家臣たちは殿さまと一緒に移らなければならなかったのですが、澤田家はもともとこの地の一族だったので、ついて行かずにすみました。ずいぶん羨ましがられたそうです」と尊子さんは誇らしげに語った。

新幹線の帰り道、車窓を流れる景色をながめながら、「われわれもそろそろ、休暇旅行とかしてもいい頃だな」と、珍しいことをたかゆきさんが言い出した。たしかに、考えてみたら、われわれはあのワシントンへの新婚旅行以来、海外旅行どころか、国内旅行にも出かけるひまがなかった。

「ほんと、良いところ、いっぱいありそうねえ」

「老夫婦らしく、温泉旅行に行こうか」とたかゆきさんが笑う。

「いや実際、病院の方も、そろそろ後進に道をゆずるべき頃合いかな、と思ってるんだ。金森君がかなり頼もしくなってきたし、斎木君とコンビを組んでやらせてみてもいいな、と思うんだけど、どうだろう」

「あの二人なら、間違いないと思うわ」

そんな話をしながら帰ってきたのだった。

(十) ともしらが

姫路から帰ってくると早速、たかゆきさんは金森氏と斎木氏に、理事長、副理事長をついでもらいたい旨を伝え、その準備にとりかかった。二人とも、なんとなく予想はしていたようで、引きつぎはスムーズにてきぱきと進んだ。

そんな或る日、われわれは真岡邸のリヴィング・ルームで、午後の陽をあびながらのんびりとお茶を楽しんでいた。と、たかゆきさんが頭を傾けた拍子に、なにかキラッと光るものが目にとび込んできた。

「アラッ！」

たかゆきさんのそばに行って、そのキラッと光るものの正体を見つけ出そうと、髪をかき分けて目をこらす。

「なに、シラミでもいた？」

「ううん、シラミじゃなくて」と、なおも髪をかき分ける。あった！

「シラガ！」

「なんと！　見せて」

素早く抜いて、彼の前に突きだす。根本が一センチほど白くなっている。正真正銘のシラガである。

「ホラ」

「ホントだ」彼もまじまじとそのシラガに見入る。

「よし！　そこに座って」と言うと、彼は私の髪をかき分け始めた。「見つけ出すぞ！」

私は、じっと椅子に腰かけながら、なんだかドキドキハラハラしている。もし、彼にだけシラガが見つかって、私に見つからなかったらどうしよう！　あァ、どうか見つかりますように——祈るような気持ちで背をかたくして座っていると、勝ちほこったようなたかゆきさんの声がひびいた。

「あったぞ！」

ツン、と頭皮に一瞬痛みが走って、彼の指には、同じように、根元が白くなった頭髪がつままれている。

「わーい、トモシラガだァ！」

私たちは、それぞれの手に相手のシラガをつまんだまま、子供のようにピョンピョンとびはねた。

しかし、ひとしきりはしゃいだ後で、真顔に返って、たかゆきさんが言った。

「さあ、これからはハヤイぞ」

「ハヤイ?」

「うん。たとえて言えば、われわれは、ふつうの人ならゆるゆるとバネがほどけてゆくところを、逆にギュウッと押し込めなおして四半世紀を生きてきた。そのギュウッとおさえてた手をはなしたら、すごい勢いでバネがはね上る——そんな感じさ」

なんだか、科学者の説明にしては、全然、科学的でない気がするけれど、妙にしっくりとくる感じはする。そして、実際にも、まさに彼の言ったとおりになった。

子供の頃に見た自然科学映画に、種から芽が出てみるみるうちに葉が茂り、花が咲いて散ってゆく、といった映像があったけれど、ちょうどそんなスピードで、毎日目にするたかゆきさんの姿は、みるみる変化していった。

しばらくの間、あの最初に会ったときの少年ぽさの名残りが消えて、〝盛年〟の姿になっていた時は、あー、これはモテただろうなァ、とため息をつきたくなるような男振りであった。と、そこに少しかげりのようなものが加わって、これはまたこれで、素敵なおじさま風である。しかし、さらにそこから加速して、日ごとに髪が白くなり、頬がこけ、完全な〝老人〟の姿が現れてきた。

もちろん、私自身もまったく同じ速度で老化が進行していることは、ヒザのきしみ具合とか、シワシワになった手とかが正確に伝えているのだけれども、いまの私は、ただもう目の前のたかゆきさんに見入るばかりで、自分の姿には目がいかない。

老人の姿になるにつれて、たかゆきさんはリヴィングの椅子に座って庭を眺めていることが多くなった。そんな彼に、午後のお茶をもってゆくと、少し老人らしくしわがれてきた声で、こんなことを語り出した。

「あのオーベルジュ・ド・タマでの朝、『死ねないかもしれない恐怖』の話をしたこと、覚えてる？」

「もちろん」

「いま思うとさ、なんて傲慢だったんだろうって恥ずかしくなる」

そう言って彼はまっすぐに私の方を見た。

「いまは、ただ、死ぬのがコワイ」

私は思わず彼のかたわらに寄って、その手をとった。彼の手も、私の手と同じくカサカサと筋ばっている。

「自分たちは死ねないから、死んでゆく人たちを送り出す『おくりびと』の役を引き受けるんだ、なんて胸をはってたけど。なんにも解っちゃいなかった。みんな、こんなコワイ思いをしてたんだ……」私の手を必死でにぎりしめながら彼が呟く。

「ふーちゃん」たかゆきさんは、急に声をたかめた。

「ゼッタイに、絶対にボクより先に死んじゃだめだよ」

「だいじょうぶ。ゼッタイにだいじょうぶ」

グレちゃんの言葉がよみがえってくる――「タッカーは、自分の愛する女性に看取られて死にたい男だと思う」。

その通りよ、グレちゃん、と胸中に呟く。男と男の約束、きっと果たすからね。


たかゆきさんの老いは更に進んだ。ほとんど終日ベッドですごして、言葉を発することもほとんどない。しかし、その朝、おしぼりで顔をふいてあげていると、すっとそのおしぼりを受けとって自分でふき終え、私に返しながら、あの、初めて会ったときと同じ強い視線を私の上に据えて、こう尋ねた。

「ふーちゃん、キミはボクの存在を肯定するかい？」

「します」と私はキッパリと答えた。

「あなたのすべてをまるごと肯定します」

そう言い切ってみると、それはまるでなにか誓いの言葉のように聞こえた。

それを聞き終わると、その一瞬に力を使いはたしたように、たかゆきさんは枕に頭をおとし、目を閉じた。でもその顔には、これまでどんな人の顔にも見たことがなかったような安らかさがあって、それがまるで、潮の満ちるように、そのまま私のうちに流れ込んできた。自分の心が、こんなに安らかさでいっぱいになったことはなかった。

手を伸ばして、たかゆきさんの頬をなでると、もう、息をしていなかった。

ちょうどお母さまがしていたように、そっといつまでも彼の頬をなでながら、涙は少しも出てこなかった。ただ、一つの言葉だけが、音もなく、ひびきつづけている——ありがとう、ありがとう、ありがとう……。

ゆっくりと立ち上がって、洗面所に入った。ふと見ると、鏡のむこうから、まっしろな髪の、見慣れない老婆が見返している。私だった。

（完）

あとがき

これは私が生まれて初めて書いた「小説」（らしきもの）です。

小さい頃から、オハナシの本を読むのは大好きでしたが、自分で筋を思いついてオハナシを書くなんていうことは、とうてい無理だと思っていました。書き終えた今も、不思議な気がしています……。

私の大好きな作家、幸田文さんが七十二をこえてお書きになった『崩れ』のなかに、「心の中にはもの種がぎっしりと詰っていると、私は思っている」という言葉があります。「思いがけない時、ぴょこんと発芽してくるものもあり、だらだら急の発芽もあり、無意識のうちに祖父母の性格から受継ぐ種も、若い日に読んだ書物からもらった種も、……」といった言葉を読んでいると、ああ、本当だなぁ、と思えてきます。

思いもかけず、「ぴょこんと発芽」してきた芽に、毎日せっせと水をやっていたらば、（花や実とまではゆかずとも）なんとか枝を伸ばして葉っぱをつけてくれました。オハナシを書く楽しさというものを、一年間たっぷりと味わうことができました。これが読む方々にも楽しんでいただけるものになっていたら、何よりの幸いです。

生まれて初めてのペン・ネームには、おこがましくも、幸田文さんのお名前から一文字お借りいたしました。それに恥じないものになっていればよいのですが……。

東京図書出版のスタッフの方々には大変お世話になりました。この場をかりてふかく御礼を申し上げます。

真《ま》岡《おか》　文《あや》

令和二年十二月

真岡　文（まおか　あや）
昭和21年、東京生まれ。

ネンレイ・カクニンが必要です
2021年2月28日　初版第1刷発行
著　者　真岡　文
発行者　中田典昭
発行所　東京図書出版
発行発売　株式会社 リフレ出版
〒113-0021　東京都文京区本駒込 3-10-4
電話 (03)3823-9171　FAX 0120-41-8080
印　刷　株式会社 ブレイン

ISBN978-4-86641-378-5 C0093
Printed in Japan 2021